Der blaue
Taschendieb

U. S. Levin

Der blaue Taschendieb

Detektivgeschichten

Mit Illustrationen von Ralf Alex Fichtner

mitteldeutscher verlag

Für meine kleine Großnichte Lena

Stadtbummel

Die Geschichten, die euch jetzt erwarten, spielen in einer Kleinstadt, die mitten in Deutschland am Verkehrsknotenpunkt zweier sich kreuzender Autobahnen liegt. Und diese beiden Schnellstraßen laden dazu ein, an Bühlerstädt, so heißt diese Stadt, einfach vorbeizufahren. Deshalb verirren sich Touristen nur äußerst selten hierher.
Bühlerstädt ist eine liebenswerte Stadt. Ihre Bewohner leben gern hier. Und sie sind stolz, sehr stolz sogar. Nur ihr Stadtname ärgert sie seit Generationen, denn das ...städt macht ihre schöne Stadt so klein. Als Ende des zwölften Jahrhunderts Otto I. Markgraf von Brandenburg den Bühlerstädtern das Stadtrecht zuerkannte, wollten die Gründungsväter bei dieser Gelegenheit gleich die beiden Punkte auf dem a weghaben, um sich stolz Bühlerstadt nennen zu dürfen. Der Markgraf hat da aber nicht mitgemacht und gesagt, sie sollen mal die Kirche im Dorfe lassen.
In Bühlerstädt herrscht ein ruhiges und beschauliches Leben. Hier gibt es alles, was man zum Leben braucht. Und ob ihr's glaubt oder nicht, sogar richtige Gauner: einen Taschendieb zum Beispiel, Einbrecher, einen gefährlichen Entführer und – ja selbst richtige Bankräuber. Aber zum Glück wohnen in Bühlerstädt aufmerksame und mutige Kinder, die mit manch findigem Trick alle Bösewichte zur Strecke bringen.
Doch bevor ihr die erste Geschichte lest, möchte ich euch die kleine Stadt vorstellen – am besten mit einem Stadtbummel.

Auf diese Weise lernt ihr schon mal die einzelnen Schauplätze kennen. Alle Orte, die mit GROẞBUCHSTABEN geschrieben sind, spielen in der einen oder anderen Geschichte eine wichtige Rolle.
Beginnen wir mit dem hübschen MARKTPLATZ. Er ist umgeben von restaurierten Fachwerkhäusern. Genau in der Mitte steht ein sechseckiger Springbrunnen. Um den Brunnen sind sechs Parkbänke aufgestellt, die die vorüberhastenden Leute zum Verweilen einladen. Für die Bühlerstädter hat der Brunnen aber noch eine weitere Bedeutung. Er dient ihnen als Treffpunkt. Und schon die Kinder verabreden sich gern an ihrem Springbrunnen.
Vom Marktplatz, der genau den Mittelpunkt des Städtchens bildet, führen vier Hauptstraßen in die weite Welt hinaus, in jede Himmelsrichtung eine. Deshalb heißen die Straßen auch Ost-, Süd-, West- und Nordstraße. Und genau in dieser Reihenfolge, also in Uhrzeigerrichtung, möchte ich euch beschreiben, was es in Bühlerstädt alles gibt.
Fangen wir mit der Himmelsrichtung an, in der die Sonne aufgeht, also im Osten. Hier liegt die Oststraße. Vom Marktplatz aus befindet sich auf der linken Seite das Rathaus, welches man gar nicht so einfach zuordnen kann, denn es steht zu gleichen Teilen in der Nord- und Oststraße und sieht aus wie ein Fünfeck. Zum Marktplatz hin hat das Rathaus eine lange 45 Grad schräge Front mit Arkaden, da kann man selbst bei Regen trockenen Fußes entlangschlendern. Und dort befindet sich auch der Haupteingang, weshalb die Anschrift Markt 1 lautet.

Gleich neben dem Rathaus wurde vor einigen Jahren ein großes Einkaufscenter gebaut: die RATHAUSGALERIE mit Supermarkt, Buchhandlung, Apotheke, Bäcker, Arztpraxen, einem Optiker und der SPARKASSE, die in einer aufregenden Geschichte eine wichtige Rolle spielen wird. Ein paar Häuser weiter stadtauswärts betreibt ein vietnamesisches Ehepaar ein Obst- und Gemüsegeschäft. Daneben grillt Arkan in seinem Laden Dönerfleisch. Ansonsten gibt es in der Oststraße nichts weiter von Bedeutung. Wohnhäuser natürlich – die Menschen müssen ja irgendwo leben.

Am Ortsausgangsschild drehen wir um und gehen die Oststraße zurück, dann ein kleines Stück am Marktplatz entlang und schließlich biegen wir links in die Südstraße ab. Als Fußgänger darf man das. Autos müssen rechts abbiegen und einmal um den ganzen Platz fahren. Das ist nämlich eine Einbahnstraße. Noch auf dem Markt, ehe wir in die Südstraße kommen, gibt es ein gut besuchtes griechisches Restaurant. Am Wochenende ist es im „Mykonos" rappelvoll. Der Koch kommt aus Kreta, einer ganz langen Insel im Mittelmeer, und ist ein wahrer Kochkünstler.

In der Südstraße gibt es zahlreiche Wohnhäuser, aber auch kleinere Geschäfte, wie einen Laden, in dem die Leute Lotto spielen können. Zeitungen werden hier natürlich auch verkauft. Ein paar Häuser weiter befindet sich ein Imbiss, der Schnitzel, Currywurst, Pommes und Getränke anbietet. Dem gegenüber, auf der anderen Straßenseite, steht das SENIORENHEIM der Stadt.

Bevor wir die Südstraße zurückgehen, muss ich euch noch

Folgendes berichten: Ungefähr zwei Kilometer hinterm Ortsausgangsschild beginnt der BÜHLERSTÄDTER FORST, ein riesiges, zusammenhängendes Waldgebiet. Man braucht mindestens zwei Tage, um es zu durchlaufen. Am Waldrand liegt das Waldbad, in dem die Kinder gern die heißen Sommertage verbringen. Ein asphaltierter Radweg führt erst an der Ausfallstraße entlang und biegt dann links ab zum Waldbad. Geradeaus geht es zur WALDSIEDLUNG.
So, jetzt können wir zurückgehen und gelangen über den Marktplatz in die Weststraße. Nicht weit entfernt steht ein großes monumentales Gebäude aus dem 18. Jahrhundert, welches früher als Pelzmanufaktur diente, heute aber als MUSEUM genutzt wird. Und ihr ahnt schon, dass auch hier etwas passieren wird. Klar, in einem MUSEUM gibt es nicht nur alte, sondern auch wertvolle Sachen, die bei manchem Einbrecher auf reges Interesse stoßen. Ein paar Schritte weiter kommt ein Fahrradgeschäft. Der Laden heißt RÄDER-LORENZ. Wir überqueren die Straße und stehen vorm Gymnasium, ein typischer Schulbau aus den letzten Jahren des 19. Jahrhunderts. Neben der Oberschule führt eine Anliegerstraße zum Blumenberg, einer neu gebauten Siedlung mit Eigenheimen.
Wir gehen zurück zum Marktplatz und schlendern an einem italienischen Eiscafé vorbei. In der warmen Jahreszeit bringen die Kinder ihr Taschengeld gern hierher. Wie das Rathaus, nur gegenüber, halb in der Weststraße, halb in der Nordstraße steht eine Kirche aus dem frühen Mittelalter.
Wieder vom Marktplatz nach links abgebogen, betreten wir die Nordstraße. Hier gibt es zahlreiche alte und neue Wohn-

häuser. Nach ein paar Querstraßen beginnt der Stadtpark, in dem mächtige Buchen, Eschen, Kastanien und Eichen wachsen. Hier finden die Bühlerstädter Erholung, verweilen auf den Parkbänken und lauschen im Frühjahr dem fröhlichen Gesang der Singvögel. Den Arbeitern diente der Stadtpark früher als Abkürzung zum alten INDUSTRIEGEBIET, wenn sie entweder zu Fuß oder per Fahrrad zu ihren Fabriken wollten. Neben dem Park schließt sich ein Viertel mit Neubauhäusern, einem Supermarkt und einer Tankstelle an.

Wir überqueren die Straße und spazieren zurück an Wohnhäusern vorbei bis zu einem Flachbau mit einem Damen- und Herrenfriseur und ANJAS DROGERIE. Ein kleines Stück weiter steht die GRUNDSCHULE. Dahinter, das kann man von der Nordstraße aus gar nicht sehen, befinden sich eine Turnhalle und ein Sportplatz. Dann kommen wieder ein paar ältere Wohnhäuser mit schmucken Fassaden und hinter denen schließt sich das Rathaus an. Damit hätten wir den Stadtrundgang geschafft. Jetzt muss ich euch nur noch die Kinder vorstellen, die in meinen Geschichten die wichtigsten Rollen spielen. Sie heißen Trixi, Anton, Moritz und Paul.

Trixi & Anton

Die beiden Geschwister verstehen sich richtig gut. Na ja, meistens. Wenn nämlich Trixi beim Memoryspiel gegen ihren Bruder verliert, kann es schon mal vorkommen, dass sich das

kleine, zarte Mädchen mit den langen dunkelblonden Haaren derart ärgert, dass die Karten im ganzen Zimmer umherfliegen und sie wütend ruft: „Blödes Spiel!“

„Das ist kein blödes Spiel“, entgegnet Anton, der sehr klug ist und sich deshalb ganz schnell merkt, wo die einzelnen Motive liegen. Deshalb findet er immer die meisten Kartenpaare.

„Und doch ist es ein blödes Spiel!“, gibt Trixi nicht nach.

Anton schweigt dann erst mal, sammelt die Karten ein, und ehe er das Zimmer seiner Schwester verlässt, sagt er noch einmal: „Das ist kein blödes Spiel. Du bist ’ne blöde Zicke.“

Jetzt muss er sich beeilen, in sein Zimmer zu kommen, die Tür hinter sich zuzuschlagen und am besten abzuschließen. Denn Trixi kann, trotz ihres zarten Wesens, sehr kratzbürstig werden. Dann faucht sie wie eine aufgebrachte Katze, die ihre Krallen bedrohlich ausgefahren hat, und setzt ihre Fingernägel als gefährliche Waffe ein.

Ansonsten ist die Neunjährige eher von sanfter Natur. Aber das ist ja bei vielen Menschen so: Wer gereizt wird, kann unberechenbar werden. Hier wie überall macht die Dosis das Gift. Trixi geht in die dritte Klasse. Sie ist nicht schlecht, aber auch nicht gut. So eben mittelprächtig. Gegen ihren Bruder

Anton, der Einsen reihenweise nach Hause bringt, kann sie nicht mithalten. Natürlich hilft ihr Anton oft bei den Hausaufgaben oder erklärt ihr etwas, was einfach nicht in ihren schönen Kopf will. Aber Anton ist eben kein Lehrer. Es ist nicht einfach, und einen Vater haben sie nicht. Der üble Bursche hat sich aus dem Staub gemacht, noch bevor Trixi auf die Welt kam. Er konnte einfach Antons Babygeschrei nicht ertragen.

Trixi und Anton leben also nur mit ihrer Mutti zusammen. Sie arbeitet in ANJAS DROGERIE und ist die Chefin, heißt also Anja. Von Montag bis Samstag ist sie in ihrer Drogerie. Nur der Sonntag bleibt für die Familie. Die drei wohnen in einem kleinen Siedlungshaus am Rande der Stadt, im Nordwesten, im Asternweg. Die Siedlung liegt auf einer kleinen Anhöhe und alle Straßen und Wege tragen Blumennamen. Die Anwohner sprechen liebevoll vom Blumenberg, mussten sich aber alle sehr viel Geld für den Hausbau von der Sparkasse leihen, weshalb die neidischen Bühlerstädter vom Schuldenberg sprechen.

Auch Mutti Anja leidet unter der Last ihrer Schulden. Zum Glück zahlt der Vater pünktlich die Alimente und auch die Großeltern unterstützen die kleine Familie nach Kräften.

Anton geht nun schon in die

vierte Klasse und ist zehn Jahre alt. Er hat dunkelblonde Haare, Trixis reichen bis über ihre Schulter, seine kaum über die Ohren. Der Opa streicht ihm manchmal über seinen Schopf und macht so lustige Bemerkungen wie: „Ach Anton, du mit deinen Strohlocken!"

Anton hat ein großes Ziel vor Augen: Er will Kriminalkommissar werden und in der nicht fernen, großen Hauptstadt auf Verbrecherjagd gehen. Er brennt für diesen interessanten Beruf, denn jeder neue Fall gibt neue Rätsel auf. Ein Kommissar muss sich aufmerksam und gewissenhaft den Tatort ansehen, auf jedes noch so unscheinbare Detail achten, daraus seine Schlüsse ziehen, er muss mit vielen Zeugen sprechen, die Ergebnisse der Kriminaltechniker auswerten und dann die vielen, vielen Puzzleteile zu einem großen, ganzen Bild zusammenfügen. Das würde ihm Spaß machen. Davon träumt er, nicht nur nachts.

Moritz & Paul

Sie sind nicht, falls ihr das jetzt denken solltet, Geschwister wie Trixi und Anton.

Moritz und Paul wohnen in der Oststraße 12, schräg gegenüber von der RATHAUSGALERIE. Die beiden gehen zusammen mit Anton in eine Klasse und sind richtig tolle Freunde. Zusammen würden sie durch dick und dünn gehen. Dabei sind sie derart unterschiedlich. Aber vielleicht liegt es ja gerade daran, denn wie heißt es so schön? Gegensätze ziehen sich an.

PAUL

Anton ist ja, wie ihr bereits wisst, ein kluger Junge. Das kann man von Paul nicht gerade sagen. Er wurde letztes Jahr nicht in die fünfte Klasse versetzt und musste das vierte Schuljahr wiederholen. Auf diese Weise kam er zu Moritz und Anton, die bereits dicke Kumpels waren, in die Klasse. Paul war aber schon vorher mit Moritz befreundet. Sie wohnen nicht nur im selben Haus, sie spielen sogar zusammen in einer Fußballmannschaft. Natürlich auf unterschiedlichen Positionen. Während Moritz, der sehr wendig und schnell ist, als Stürmer spielt, steht Paul im Tor. Er ist groß – größer sogar, als für sein Alter vorgesehen. Und Paul ist von kräftiger Statur, wirkt etwas behäbig und ist es natürlich auch. Wenn die gegnerischen Stürmer auf sein Tor zugerannt kommen und Paul seine Arme weit ausbreitet, bekommen die regelrecht Angst. Paul steht dann da, bedrohlich wie ein aufgerichteter Bär. Dabei kann er keiner Fliege etwas zuleide tun. Paul hat ein sanftes Gemüt.

Wegen seiner roten Stoppelhaare und der vielen Sommersprossen im Gesicht könnte man annehmen, dass er oft gehänselt wird. Das traut sich aber keiner seiner Mitschüler,

denn wenn es hart auf hart kommen würde, gegen Paul könnte keiner bestehen. Das war für ihn in seiner alten Klasse völlig anders. Dort wurde er oft geärgert, beleidigt und verspottet – nur wegen seiner roten Haare und der Sommersprossen. Vielleicht war das auch ein Grund für seine schlechten schulischen Leistungen. Denn jetzt, bei Moritz und Anton in der Klasse, ist Paul richtig aufgeblüht und hat sich um zwei Noten verbessert, von Durchschnitt Fünf auf Drei. Gute Freunde sind eben ganz wichtig im Leben.

Moritz liegt beim Lernen im Mittelfeld, zwischen Zwei und Drei. Gute schulische Leistungen hält er für nicht so wichtig. Er will nämlich mal Fußballprofi werden, am liebsten bei Hertha Berlin.

Erster Fall

Das Loch in der Kiste

Dieser Sommer hatte es verdammt eilig. Bereits im April öffneten die ersten Freibäder. Die Temperaturen kratzten oft an der Dreißig-Grad-Marke. Es war unerträglich heiß. An einem

Samstag warteten Moritz und Paul auf Trixi und Anton. Sie hatten sich für neun Uhr am Brunnen verabredet, um ins Waldbad zu fahren. Die große Uhr am Kirchturm zeigte bereits fünf nach neun. Die beiden Jungen hatten ihre Fahrräder an eine Parkbank gelehnt, sich auf den Rand des Brunnens gesetzt und ihre Hände ins kühle Nass getaucht.
Was ist nur los mit den beiden, grübelten sie. Sie sind doch sonst immer pünktlich. Als die Zeiger der Kirchturmuhr auf Viertel nach neun standen, wurden sie unruhig, denn weit und breit kein Anton und keine Trixi zu sehen.
„Wollen wir zu ihnen nach Hause fahren?", schlug Paul vor.
„Lieber nicht! Dann könnten wir uns verfehlen."
Sie beschlossen, bis zum Glockenschlag halb zehn zu warten. Doch so lange sollte es gar nicht mehr dauern.
„Da sind sie ja endlich!", rief Paul erleichtert.
„Aber sie kommen ohne Fahrräder", stutzte Moritz.
„Und Badesachen haben sie auch nicht dabei."
Anton guckte sehr ernst und Trixi hatte ganz verheulte Augen.
„Was ist denn los mit euch?"
Sie gaben sich wortlos die Hand.
„Hat es Ärger gegeben?", fragte Moritz.
Anton senkte betrübt den Kopf und Trixi nickte kurz.
„Habt ihr was Schlimmes ausgefressen?"
„Wir nicht ..."
„Wer dann?"
„Bei Mutti in der Drogerie wird geklaut und nun ..."
„Ein Dieb, hier bei uns in Bühlerstädt?", stammelte Paul fassungslos.

„Eher eine Diebin. Bisher wurde nur teures Parfüm geklaut."
„Und was hat das mit uns zu tun? Wir können doch trotzdem ins Waldbad fahren", stutzte Moritz.
„Unsere Mutti konnte uns kein Geld geben fürs Baden. Durch den Diebstahl fehlt Geld in der Kasse", flüsterte Anton.
„Und Mutti muss es jedes Mal ersetzen", fügte Trixi hinzu.
Die beiden Jungen, die sich schon so sehr aufs Baden gefreut hatten, wussten, was das bedeutete. Trixi und Anton müssen mit ihrer Mutti ohne Vati auskommen und nebenbei auch noch ein Haus abbezahlen. Da ist das Geld ohnehin immer ein bisschen knapp.
„Wir müssen die Diebin schnappen!", verkündete Paul wütend und fest entschlossen.
„Und wie willst du das anstellen?", fragte Trixi kopfschüttelnd.
„Keine Ahnung! Anton ist doch der Kommissar", erwiderte Paul kleinlaut.
„Paul hat recht", bestätigte Anton. „Ich muss nachdenken."
Die nächsten fünf Minuten waren die vier Kinder mucksmäuschenstill. Jeder grübelte, mit welchem Trick man der Diebin auf die Schliche kommen könnte.
Plötzlich sprang Anton auf: „Ich hab eine Idee, denn wie heißt diese Kriminalkomödie so schön? ‚Die Katze lässt das Mausen nicht.' Die meisten Diebe versuchen es nämlich immer wieder. Wir müssen uns eigentlich nur auf die Lauer legen. Dazu brauchen wir eine Digitalkamera, ein Walkie-Talkie, einen Lederfußball und eine große Pappkiste."
„Wo willst du denn das alles herkriegen?", stutzte seine Schwester.

„Kein Problem", lachte Paul. „Eine Kamera habe ich. Und ein Walkie-Talkie habe ich mit Moritz zusammen."
„Damit quatschen wir, wenn wir abends in unseren Betten liegen."
„Fehlt noch der Fußball!"
„Anton, schon vergessen, dass ich mit Paul Fußball spiele? Ich habe sogar drei Bälle."
„Gut, und die Pappkiste werden wir bei Mutti im Laden finden."
„Klingt spannend", freute sich Moritz.
„Ihr holt jetzt die Sachen, und ich treffe mit Trixi die Vorbereitungen im Laden. In zwanzig Minuten treffen wir uns in ANJAS DROGERIE."
„Was für Vorbereitungen?", wunderte sich Trixi.
Anton erklärte schnell seinen Plan, dass sie einen großen Pappkarton bräuchten, in welchen sie ein kleines Loch schneiden müssen, wodurch man die Regalreihe mit den Parfümflaschen beobachten kann. Denn bisher hatte es die Diebin nur auf Parfüm abgesehen. Konnte also logischerweise nur eine Frau sein.
„Und ich verstecke mich im Karton!", legte Paul sogleich fest.
„Warum gerade du?", erwiderte Trixi beleidigt.
„Weil mir die Kamera gehört."
„Nein Paul! So funktioniert der Plan nicht. Trixi muss sich im Karton verstecken, weil sie auch kleiner ist. Wir warten vor der Drogerie, auf der anderen Straßenseite, und sobald eine verdächtige Person den Laden betritt, sagen wir Trixi über den Walkie-Talkie Bescheid. Wenn es die Diebin ist und etwas

klaut, macht Trixi ein Bild von ihr und alarmiert uns. Wir nehmen dann die Verfolgung auf."
„Und wie weiter?", fragte Trixi.
„Was, wie weiter?", wunderte sich Paul.
„Auf diese Weise könnten wir herausbekommen, wo sie wohnt", sagte Anton überzeugend. „Und sollte sie mit einem Auto davonfahren, notieren wir uns das Kennzeichen."
„Genial", staunte Paul. „Du bist eben ein richtiger Kommissar."
Bevor sich die Kinder trennten, machten sie einen Uhrenvergleich. Danach gingen Anton und seine Schwester in die Nordstraße zur Drogerie und Moritz und Paul brausten mit ihren Rädern durch die Oststraße zu ihrem Wohnhaus Nummer 12.
Gut zehn Minuten später trafen die beiden Jungen an der Drogerie ein. Trixi erwartete sie bereits vor dem Laden, während Anton noch den Karton platzierte. Ihre Mutter war sofort mit dem Plan einverstanden, aber nicht damit, die Diebin zu verfolgen. Man kann ja nie wissen, ob diese Person womöglich gefährlich ist.
Trixi war richtig stolz auf ihren spannenden Auftrag. Sie fühlte sich wie eine richtige Spionin. Aber bereits nach einer halben Stunde in dieser dunklen, engen Kiste nahm ihre Begeisterung merklich ab. Bisher war auch kaum Kundschaft gekommen. Und wer weiß, ob und wann die Diebin überhaupt wiederkommen würde. Das könnte ja Tage dauern.
Die Jungen hatten unterdessen ihre Räder an die gegenüberliegende Hauswand gelehnt und spielten in der schmalen Gasse Fußball. So würde niemand Verdacht schöpfen.

Nach einer dreiviertel Stunde meldete sich Trixi über das Funkgerät: „Ich habe keine Lust mehr!"
„Willst du aufgeben?", fragte Anton enttäuscht.
„Ja, das ist blöd hier drin", krächzte Trixis Stimme aus dem Lautsprecher des Funkgerätes.
„Schade, dass du Mutti nicht mehr helfen willst. Dann wird wohl die Diebin weiterhin klauen, und Mutti muss jedes Mal den Schaden ersetzen."
„Na gut, dann mache ich eben weiter. Aber es ist so entsetzlich langweilig", stöhnte Trixi. „Außerdem ist es hier drinnen eng und dunkel."
„Hab Geduld! Wenn du willst, löst dich Moritz in zehn Minuten ab."
„Einverstanden!", sagte Trixi erleichtert.
Die beiden Fußballer widmeten sich wieder ihrem Lederball, während Anton die Ladentür nicht aus den Augen ließ. Schon kurze Zeit später sahen sie plötzlich einen verdächtig wirkenden Mann mit gesenktem Kopf die Nordstraße hochkommen. Seine Nervosität war augenscheinlich. Immer wieder blieb er kurz stehen und blickte verängstigt um sich, als befürchte er, verfolgt zu werden.
„Das ist Opa Müller", flüsterte Moritz, als der ältere Herr die Drogerie betrat.
Anton gab Trixi Entwarnung und die beiden Jungen begannen wieder, sich den Ball zuzuspielen. Plötzlich piepte das Funkgerät.
„Der Dieb, der Dieb", stotterte Trixi aufgeregt.
„Wer?", wunderte sich Paul.

„Opa Müller! Ich habe ihn genau erkannt. Er hat ein paar Parfümflaschen in seine Jackentasche gesteckt. Ich hab's ganz genau gesehen."
„Bist du dir ganz sicher?", fragte Anton.
„Ja, klar! Ich habe ihn dabei geknipst. Opa Müller hat sich noch über den Blitz gewundert, doch Mutti hat gesagt, da wäre sicher eine Glühlampe durchgebrannt."
In diesem Moment ging bereits die Ladentür auf und der alte Mann stieg, als wäre nichts gewesen, die drei Stufen zum Fußweg hinab. Er ging nur scheinbar seelenruhig die Nordstraße zum Markt zurück. Moritz und Paul schwangen sich auf ihre Räder und wollten gerade losfahren, als Trixi und ihre Mutti aus dem Laden gestürzt kamen.
„Halt, hier geblieben!", rief Mutti Anja. „Es war ausgemacht, den Dieb nicht zu verfolgen. Außerdem habe ich eine bessere Idee."
Mit mürrischen Gesichtern kehrten die Jungen um.
„Gerade jetzt, wo es spannend wird", murrte Moritz.
„Wir hätten ihn doch fast gehabt", verkündete Paul.
Auch Anton war mit dem Abbruch der Verfolgung nicht einverstanden und sagte: „Mit dem Diebesgut in der Tasche hätte er sich nicht herausreden können."
„Kinder, so wird das nichts. Wir müssen das geschickter anstellen. Wir trinken jetzt erst einmal eine schöne Tasse Kakao und dabei werden wir alles genau bereden."
Während die Kinder ihren Kakao schlürften, erklärte Mutti Anja, wie sie sich die Entlarvung des Diebes vorgestellt hat.
„Hätte direkt von mir kommen können", prahlte Paul.

Klick!

„Prima, dass euch mein Vorschlag gefällt. Da können wir uns ja gleich auf den Weg machen. Ich muss bloß noch den Laden abschließen."
Es war kurz vor zwölf Uhr. Um diese Zeit schlossen am Samstag alle Geschäfte in Bühlerstädt.
Die kleine Delegation machte sich auf den Weg ins SENIORENHEIM, in dem Opa Müller seit einigen Jahren lebte. Dieser staunte nicht schlecht über den unverhofften Besuch.
„Wir wollten Sie mal besuchen", sagte Trixi höflich, auch wenn es ihr schwerfiel, freundlich zu bleiben.
„Weil Sie doch immer so allein sind", fügte Anton hinzu.
Inzwischen hatten sich alle irgendwo in dem kleinen Zimmer einen Sitzplatz gesucht. Moritz und Paul auf dem Bett, Opa Müller, Trixi, Anton und ihre Mutti hatten am Esstisch Platz genommen.
„Ach ist das schön, dass ich auf meine alten Tage noch Besuch bekomme", freute sich Opa Müller und gab sich Mühe, sehr glücklich zu wirken. Er riss eine Tafel Vollmilchschokolade auf und reichte sie herum. In diesem Moment tat er ihnen leid. Sollte wirklich dieser liebe Opa ein Dieb sein? Und wenn, wieso klaute er Parfüm?
„Eigentlich führt uns ein Anliegen her", begann Mutti Anja behutsam.
„Ja, bei Mutti im Laden wird geklaut", rief Anton ungeduldig.
„Was? Ein Dieb! Das ist doch nicht möglich", machte Opa Müller große Augen.
„Und Mutti muss dann immer alles ersetzen, und wir haben dann kein Geld fürs Waldbad", erklärte Trixi die Situation.

„Und ich werde nicht zu unserer Klassenfahrt mitfahren können", sagte Anton traurig.
„Wir wissen wirklich nicht mehr weiter", sagte nun Mutti Anja.
„Was sollen wir nur machen? Wir wissen einfach keinen Rat."
„Vielleicht sollten Sie zur Polizei gehen", schlug Opa Müller leise vor.
„Daran haben wir ja auch schon gedacht. Aber wir wollten erst einmal versuchen, das Problem selbst zu lösen. Die Kinder hatten nämlich eine richtig tolle Idee."
Paul zeigte seine Kamera und sagte: „Damit haben wir den Dieb fotografiert, auf frischer Tat."
„Ist er denn zu erkennen?", fragte Opa Müller mit unsicherer Stimme.
„Eindeutig! Es gibt überhaupt keinen Zweifel, und deshalb sind wir eben nicht zur Polizei gegangen", erklärte Mutti Anja.
„Bitte, bitte, gehen Sie nicht zur Polizei! Ich tue das auch nie wieder!", winselte Opa Müller plötzlich.
„Warum haben Sie dann erst geklaut?", wollte Moritz wissen.
„Ich habe doch eine neue Freundin, Oma Evi", erklärte der ertappte Rentner, und die Kinder merkten, wie peinlich ihm die ganze Sache war. „Mit dem Parfüm wollte ich ihr eine kleine Freude bereiten. Einige Fläschchen habe ich auch günstig verkauft."
„So, so – eine Freude wollten Sie Oma Evi machen, und nebenbei noch ein kleines Geschäft", sagte die Drogerie-Chefin tadelnd.
„Es sollte doch nur eine kleine Aufmerksamkeit sein. Das

Heim ist doch so entsetzlich teuer. Und das Taschengeld reicht hinten und vorne nicht."

„Das will ich Ihnen gern glauben. Aber uns haben Sie damit großen Kummer bereitet."

„Mutti musste den ganzen Schaden ersetzen!", platzte Trixi verärgert dazwischen.

„Ich mache das alles wieder gut, wirklich!" Opa Müller sprang vom Stuhl, holte seine Geldbörse aus dem Kleiderschrank und zog einen Geldschein heraus. „Hier sind hundert Euro! Nehmen Sie das, bitte!"

„Ganz so viel war es nicht", erwiderte Mutti Anja, schnappte sich aber trotzdem den Geldschein.

„Dann gehen Sie zusammen Eis essen."

„Au fein", riefen die Kinder begeistert.

„Und den Rest nehmen Sie für Antons Klassenfahrt! Wo soll es denn hingehen?"

„Ins Jugendlandheim – auf die Insel Rügen."

Sie verabschiedeten sich von Opa Müller, und als sie das Seniorenheim verlassen hatten, sagte Anton zufrieden: „Der Fall wäre gelöst."

„Und jetzt können wir endlich ins Waldbad fahren", jubelte Moritz.

„Na, dann viel Spaß, Kinder", wünschte Mutti Anja und steckte ihren Kindern lächelnd zehn Euro zu. „Und heute Abend gehen wir alle Eis essen."

Zweiter Fall

Einbruch im Museum

Moritz und Paul waren, wie ihr wisst, nicht nur dicke Freunde. Sie gingen auch in dieselbe Klasse – in die 4a der Bühlerstädter Grundschule. Zweimal in der Woche zogen sie gemeinsam zum Fußballtraining ins Stadion hinaus, welches etwas außerhalb im Südwesten der Stadt lag und sowohl über die West- als auch über die Südstraße zu erreichen war. Meist nahmen sie die Weststraße und kamen so am MUSEUM vorbei.

Paul stand nicht nur im Tor, er füllte es aus. Er war ja schon richtig groß und von kräftiger Statur. Moritz war mindestens einen Kopf kleiner, hatte eine drahtige Figur. Er war sehr beweglich und ein schneller Sprinter. Und Fußballspielen konnte er schon wie ein Gott. Er war ein richtig talentierter Stürmer und wird es mal weit bringen, prophezeite ihm sein Trainer. Klar, das war auch das erklärte Ziel von Moritz: Er wollte Fußballprofi werden – bei Hertha Berlin. Und so gut, wie der eine Tore schießen konnte, verstand es der andere, selbst gut gezielte Bälle zu halten. Paul galt nicht umsonst als Torekiller.

Schon wenige Tage nachdem die beiden Fußballfreunde mit Anton und Trixi Opa Müller des Ladendiebstahls überführen konnten, ereignete sich eine noch dramatischere Geschichte, die noch Wochen in Bühlerstädt für reichlich Gesprächsstoff sorgte: Es passierte an einem Dienstag, an dem es für Moritz alles andere als gut lief. Ihr Trainer hatte ein Freundschaftsspiel gegen die D-Jugend von SV Bienenthal, dem starken regionalen Rivalen, organisiert. Moritz, der sich doppelt anstrengen musste, da zwei Mitspieler erkrankt waren, kam mit der Last der Verantwortung nicht zurecht. Er litt regelrecht unter Ladehemmung und schoss nur ein einziges Tor. Zu wenig, sagte der Trainer, bei den vielen Torchancen. Aber das wäre ja noch nicht das Schlimmste gewesen. Zu allem Unglück war Tormann Paul so aufmerksam wie ein eingeschlafener Nachtwächter.

„Was ist los mit euch?", wollte der Trainer in der Halbzeitpause wissen. „So kenne ich euch doch gar nicht."

„Ich weiß nicht", kam Pauls zögerliche Antwort.

„Keine Ahnung", flüsterte auch Moritz geknickt.

Das stimmte natürlich nicht. Die beiden Freunde wussten genau, warum sie so unkonzentriert waren. Sie standen noch völlig unter dem Eindruck des Ladendiebstahls in ANJAS DROGERIE. Überall sahen sie plötzlich Diebe, witterten Einbrecher und vermuteten hinter jeder Häuserecke finstere Gestalten.

Auch in der zweiten Halbzeit wurde es nicht besser. Die wilden Rufe ihres aufgeregten Trainers prallten ungehört von ihnen ab. Und während Moritz kein weiteres Tor glückte, rollte Ball um Ball hinter Pauls Torlinie. Am Ende verlor ihr Team mit dem beschämenden Ergebnis von 1:21. Nach Spielschluss wurde kein Wort gesprochen. Ihr Trainer stieg wütend in sein Auto und brauste davon. Auch die anderen Fußballjungen schwangen sich enttäuscht auf ihre Räder und radelten nach

8
2

Hause. Moritz und Paul jedoch blieben, als würden sie sich mit dieser Pleite nicht nach Hause trauen. Vorm Stadion setzten sie sich unter der alten Kastanie auf eine Parkbank und starrten trübsinnig in den Abendhimmel. So allmählich verabschiedete sich die Sonne von diesem Tag und färbte den Abendhimmel am Horizont blutrot.

„Wir müssen los", sagte Paul, „mein Rücklicht ist kaputt."

„Wir können die Räder auch schieben", schlug Moritz vor, „dann brauchst du gar kein Licht."

„Okay, ich habe ohnehin keine Lust zum Radfahren."

Die beiden Jungen nahmen also ihre Räder und gingen schweigend nebeneinander. Als sie unten auf die Weststraße trafen, war es schon stockdunkel. Und dann konnte Moritz nicht mehr an sich halten: „Wegen dir haben wir das Spiel verloren!"

„Und wenn schon. Es gibt Wichtigeres, als immer nur den blöden Fußball."

Moritz blieb geschockt stehen. Er glaubte, sich verhört zu haben. Auch wenn Paul nicht unbedingt Fußballprofi, wie er, werden wollte, spielte er trotzdem mit Leidenschaft. Für Paul kam Fußball noch vor Computerspielen. Und nun das.

„Ich möchte, wie Anton, auch gern Kommissar werden", platzte es endlich aus Paul heraus. „Die ganze Zeit habe ich daran denken müssen."

„Du und Kommissar!" Moritz schaute Paul entgeistert an. „Da musst du aufs Gymnasium – und später studieren. Weißt du, wie schwer das ist?"

„Und wenn schon, dann muss ich mich eben noch mehr anstrengen. Aber richtige Verbrecher jagen und am Ende schnappen, das wäre genau mein Ding."
„Hättest du vorhin lieber mal öfters dieses runde Lederding geschnappt."
„Ja", stammelte Paul verlegen, „ich war nicht ganz bei der Sache."
„Na, wenn du deine Verbrecher auch so festhältst, werden sie dir wohl jedes Mal entkommen", stichelte Moritz.
„Du bist gemein."
„War nicht so gemeint", lenkte sein Freund ein, „aber was soll daran so spannend sein?"
Pauls Augen leuchteten plötzlich auf: „Kommissar ist ein wahnsinnig aufregender Job. Jeder Fall ist anders. Man weiß nie, was der nächste Tag bringen wird. Du hast jede Menge Abwechslung. Man muss gut beobachten und kombinieren können." Paul redete sich immer weiter in Fahrt.
„Vielleicht hast du ja recht", gab Moritz zu. „Wie mein Vati den ganzen Tag in einem Büro hocken müssen, möchte ich auch nicht."
„Genau. Anton hat mir schon viel erzählt. Er kennt sich da ganz gut aus und ..."
Plötzlich, mitten im Satz, hielt Paul inne und blieb abrupt stehen. Sie kamen gerade am Städtischen MUSEUM vorbei.
„Was ist denn los?", wunderte sich Moritz.
Paul ließ sein Fahrrad fallen und versteckte sich hinter einem parkenden Auto.
„Spinnst du?"

„Komm her! Die dürfen uns nicht sehen“, zischte Paul.

„Wer?“

„Die Einbrecher dort.“ Paul zeigte zu den hohen Fenstern des Museums.

„Siehst wohl schon Gespenster?“

„Nein, sieh doch mal genau hin!“

Jetzt hatte es auch Moritz gesehen. Lichtkegel von Taschenlampen huschten im Museum umher. Da war wirklich etwas faul – oberfaul, wie Moritz' Vater immer sagte, wenn er müde und abgespannt aus der Stadtverwaltung nach Hause kam und sich den ganzen Tag über seinen Chef geärgert hatte.

„Es müssen zwei sein“, flüsterte Paul.

„Woher willst du denn das wissen?“

„Da!“, rief Paul und zeigte zu den großen Fenstern. „Es sind zwei Lichtkegel.“

„Und was machen wir jetzt?“ Moritz' Stimme zitterte.

„Wir müssen herausbekommen, wo ihr Fluchtfahrzeug steht.“

„Aber ... ist das nicht gefährlich?“

„Ach wo, die Einbrecher wissen doch nicht, dass wir sie beobachten.“

Die beiden schlichen an den parkenden Autos entlang, bis zur Toreinfahrt des Museums. Das große Holztor war aufgebrochen und nur angelehnt.

„Die müssen in den Museumshof gefahren sein“, überlegte Paul.

„Denkst du?“

„Na, klar. Die wollen in Ruhe das Diebesgut verladen. Hier auf der Straße könnten sie doch gesehen werden.“

„Du hast recht", musste Moritz zugeben. Plötzlich fand der Junge am Kriminalspiel Gefallen.
Paul drückte indes behutsam das Tor auf. Es quietschte entsetzlich in den verrosteten Angeln. Vorsichtig steckte er seinen Kopf durch den Spalt.
„Siehst du was?"
„Nein", antwortete Paul im Flüsterton. „Hier ist es dunkler als in einer Bärenhöhle."
Und ehe sich Moritz versah, war sein Freund durch den Türspalt geschlüpft. Ihm schlotterten die Knie. Er wollte sich aber nicht blamieren und folgte Paul. Auf Zehenspitzen betraten sie den Innenhof. Plötzlich huschten zwei Schattengestalten zum Greifen nahe an ihnen vorbei. Sie schleppten einen schweren Gegenstand. Vielleicht eine wertvolle Schatzkiste.
Die beiden Jungen blieben wie angewurzelt stehen. Sie wagten kaum, Luft zu holen. Die beiden Gestalten trugen stöhnend die Truhe zu einem Lieferwagen, der mitten im Hof parkte.
„Die ist bestimmt voller Gold", scherzte der eine.
„Pst!", zischte der andere böse. „Wir hatten ausgemacht, nicht zu sprechen. Uns könnte jemand belauschen."
„Aber hier ist doch niemand", widersprach der Erste.
„Trotzdem! – Komm, wir müssen noch die Ölgemälde holen und dann verschwinden wir."
Die Dunkelheit verschluckte wieder die beiden Ganoven. Paul wusste, da sein Onkel hier im Museum einmal gearbeitet hatte, dass die Einbrecher durch die Hintertür in die Mu-

seumsräume eingestiegen waren. Es war höchste Zeit zum Handeln.
„Lass uns abhauen", piepste Moritz, der sich ziemlich unbehaglich in seiner Haut fühlte.
„Wenn du Angst hast, dann geh doch!", sagte Paul, doch Moritz blieb, weil er seinem Freund zeigen musste, dass auch er mutig war.
Sie schlichen bis zum Transporter. Paul öffnete vorsichtig die Fahrertür und tatsächlich, der Zündschlüssel steckte. Blitzschnell zog er ihn ab und steckte ihn in seine Hosentasche.
„Solche blöden Einbrecher!", lachte Paul. „Haben doch wirklich die Autoschlüssel stecken lassen. So, und jetzt rufen wir die Polizei!"
„Halt!", hörten sie plötzlich eine tiefe Stimme aus dem Dunkeln. „Hier wird niemand gerufen! Und die Polizei schon gar nicht."
Wie gelähmt blieben die beiden Jungen stehen, unfähig, einen klaren Gedanken zu fassen. Ihnen war, als befänden sie sich plötzlich in einem Albtraum. Aber es war kein Traum.
Ein weißes Gesicht kam aus der Dunkelheit. Der Mann musste sehr groß gewachsen und kräftig sein, das konnte man trotz der schwarzen Kleidung an den schwachen Umrissen erkennen. Sein Gesicht war vernarbt und eine fleischig gerötete Nase stach aus diesem grusligen Antlitz hervor. Die buschigen Augenbrauen waren überm Nasenbein zusammengewachsen wie bei einem Affen.
„He, was habt ihr hier verloren?", fragte er verärgert über diese unerwünschte Störung.

„Lassen Sie uns bitte gehen, wir werden auch nichts verraten!“, winselte Moritz.
„Das klang aber eben ganz anders“, entgegnete die unheimliche Gestalt.
Paul dachte angestrengt nach. Was würde wohl jetzt ein richtiger Kommissar in dieser Situation tun? Bestimmt hätte er keine Angst und die Angelegenheit mit List und Tücke zu einem glücklichen Ende geführt. Aber Paul wollte einfach keine rettende Idee kommen. Und etwas ärgerte er sich über seinen voreiligen Schluss, dass es sich nur um zwei Einbrecher handeln müsste. Einen dritten hatte er einfach nicht vermutet, und dieser Fehler rächte sich nun. Ihm musste endlich etwas einfallen!
„Viel Freude werden Sie an der Beute nicht haben“, sagte Paul, nur um mit dem Mann ins Gespräch zu kommen.
„Mach dir darüber keine Gedanken! Und nun gib den Autoschlüssel her!“
Moritz nutzte diesen winzigen Augenblick, in dem sich der Mann auf Paul konzentrierte, für einen Fluchtversuch. Doch weit kam er nicht. Mit drei, vier Riesenschritten hatte er ihn eingeholt und unsanft am Arm gepackt. Auch Paul spürte jetzt einen kräftigen Klammergriff am Oberarm. Um Hilfe schreien, hätte keinen Zweck gehabt. Durch das dicke Holztor wäre kein Laut nach draußen gedrungen.
Inzwischen hatten die anderen Gauner die Ölgemälde verladen und halfen ihrem Kompagnon, die unliebsamen Zeugen zu fesseln und ihnen die Münder zu verkleben.
„Was machen wir mit denen?“, fragte einer der Diebe.

„Erst mal mitnehmen", entschied der große, kräftige Mann, der offensichtlich ihr Anführer war.
Da hatten sie sich ja was Schönes eingebrockt. Und ihre Räder mit den Sporttaschen lagen noch immer draußen auf dem Fußweg, während sie auf die Ladefläche zwischen all dem Diebesgut verfrachtet wurden.
Paul versuchte, sich das wenige, was er durch die Heckscheibe erkennen konnte, einzuprägen. Das war aus der Froschperspektive gar nicht so einfach. Nach wenigen Straßenzügen hatte er allerdings die Orientierung verloren.
Moritz ließ den Kopf hängen und kämpfte gegen die Tränen an. Paul stieß ihn mit dem Knie an und gab seinem Freund mit einem Kopfnicken zu verstehen, ihm bei der Orientierung behilflich zu sein. Schließlich konnte es lebenswichtig sein, zu wissen, wohin sie gebracht werden.
Moritz kapierte und schaute nun auch zur Heckscheibe hinaus. Inzwischen hatten sie die Kleinstadt verlassen und fuhren über eine Bundesstraße. Das Holpern hatte merklich nachgelassen. Aber so sehr sich die beiden Freunde anstrengten, sie fanden nicht heraus, wohin die Reise gehen sollte.
Kurz darauf wurde die Fahrt wieder ziemlich ungemütlich. Sie mussten über einen Feldweg fahren, so, wie das rumpelte. Nach einigen Minuten hielt der Transporter. Zwei der Männer sprangen heraus und kurz darauf ruckte der Transporter nochmals an. Durch die Heckscheibe erkannten sie den klaren Sternenhimmel, der plötzlich einem großen Tor weichen musste. Waren sie im Versteck der Einbrecher?
Die Gauner rissen die Hecktür auf und wie zwei verschnürte

Pakete zogen sie die Jungen heraus. Moritz erkannte sofort die Scheune wieder, in der er vor einem Jahr mit seinen Eltern Schutz vor einem Unwetter gefunden hatte, als sie bei einer Wanderung von einem Wolkenbruch überrascht worden waren.
„Was machen wir mit den beiden?", fragte einer der Männer.
„Wir lassen sie hier zurück", entschied der Anführer.
„Zurücklassen? Die werden uns verraten."
„Unsinn! Bis sie gefunden werden, sind wir längst über alle Berge. Und nun bringe sie nach hinten und binde sie an einen Pfosten!"
In der Scheune stand ein zweiter Transporter. Paul fiel sofort auf, dass dieser ein polnisches Kennzeichen trug. Während einer der Gauner die Jungen in den hinteren Teil der Scheune brachte, begannen die beiden anderen, die Beute umzuladen. In wenigen Minuten würden sie ihre Flucht fortsetzen. Sicher war der Einbruch noch nicht bemerkt worden und sie hatten genügend Zeit bis zur polnischen Grenze.
Nachdem er ihnen die Fesseln gelöst hatte, wurde Paul zuerst an einen Pfosten wie an einen Marterpfahl gebunden. Gerade als Moritz an der Reihe war, ging er leicht in die Knie und täuschte ein schmerzverzogenes Gesicht vor. Der Mann riss ihm das Klebeband vom Mund: „He, was ist los mit dir?"
„Ich muss mal pinkeln. Dringend!"
Der Mann packte Moritz fest am Arm und führte ihn in eine Ecke. Dort ließ er ihn los.
„Beeil dich! Und keine fiesen Tricks!"
„Nein, ganz bestimmt nicht."

„Sonst lege ich dich um!"

Der Mann war ein paar Schritte nach vorn gegangen, um zu sehen, wie weit seine Komplizen mit dem Umladen waren. Moritz hatte inzwischen unbemerkt sein Handy aus der Hosentasche gezogen, während seine andere Hand den Hosenstall öffnete. Und in der Zeit, in der er sein Wasser abließ, schließlich durfte er keinen Verdacht erregen, drückte Moritz die Taste „1" im Kurzwahlspeicher, die Nummer seiner Eltern, die sicher schon in Sorge waren. Dann schloss Moritz seine Hose und ließ das Handy unbemerkt in der Innentasche seiner Jacke verschwinden.

„Sie brauchen mir nicht wieder den Mund zu verkleben", sagte der Junge laut. Sein Vater verstand die Botschaft sofort und lauschte gespannt auf weitere Hinweise.

„Überlass das gefälligst uns!"

„Bitte lassen Sie uns nicht in dieser einsamen Scheune zurück. Kein Mensch verirrt sich hierher, höchstens nach einem Wolkenbruch."

„Euer Pech! Was müsst ihr uns auch hinterherschnüffeln?"

Der Mann verklebte nun auch Moritz' Mund und fesselte ihn an einen zweiten Pfosten, und dies auch noch so, dass er Paul nicht sehen konnte. Hoffentlich hat sein Vater den Hinweis mit der einsamen Scheune verstanden.

Lange Zeit geschah nichts. An den Geräuschen bekamen die beiden Freunde mit, dass die Einbrecher noch immer beim Umladen waren. Aber dann wurde die Hecktür zugeschlagen und ein Dieselmotor sprang an. Sie hörten ein Knarren und Ächzen, was zweifellos vom Öffnen des Scheunentores her-

rühren musste. Gleich würde die Bande verduften. Irgendwie fühlten sie sich erleichtert.
Plötzlich fiel gleißendes Licht durch das weit geöffnete Scheunentor. Eine krächzendes Stimme aus einem Megafon rief: „Halt! Hier spricht die Polizei. Stellen Sie den Motor ab! Die Scheune ist umstellt!"
Für die beiden Jungen hörte sich das wie ein Hörspiel an. Die Festnahme der Einbrecher schien ohne Probleme zu verlaufen. Es gab keine zweite Aufforderung. Dann spürten sie, dass der Druck der Fesseln nachließ. Eine Polizeibeamtin zog ihnen vorsichtig das Klebeband vom Mund.
„Ihr macht ja hier schöne Geschichten", sagte sie. „Die großen Helden spielen, was? Aber so etwas kann ganz schnell schiefgehen."
Die beiden Freunde sahen beschämt zu Boden.
„Na, ihr zwei Super-Detektive", sagte ein zweiter Polizist, der gerade hinzugekommen war und den beiden schmunzelnd über den Haarschopf fuhr.
In der Zwischenzeit waren ihre Eltern eingetroffen. Die besorgten Mütter nahmen Paul und Moritz, wie Glucken ihre Küken schützend unters Gefieder pressen, fest in die Arme.
Zum Glück war alles gut gegangen. Paul nahm sich vor, in Zukunft besser zu kombinieren und jeden unbesonnenen Schritt zu vermeiden. Moritz hatte dagegen vom Kommissarspiel gründlich die Nase voll. Fußball ist zwar auch gefährlich, aber noch lange nicht lebensbedrohlich.
Am übernächsten Tag standen die beiden Freunde in der Zeitung. Vom Museumsdirektor bekamen sie jeder hundert

Euro Belohnung. Und beim nächsten Punktspiel gegen die Bienenthaler revanchierten sie sich für die Pleite. Sie gewannen 12:2.

Dritter Fall

Eine gefährliche Klassenfahrt

An einem sonnigen Montagmorgen Anfang Mai trafen sich die Viertklässler der Bühlerstädter Grundschule auf dem Schulhof. Ihre fünftägige Klassenfahrt auf die Ostseeinsel Rügen, auf die sie sich lange gefreut hatten, sollte in wenigen Minuten losgehen. Der Bus stand schon bereit und die Kinder konnten es kaum erwarten. Doch erst einmal mussten die Koffer und Taschen verstaut werden.

Dann gaben Frau Zieselwitz, Klassenlehrerin der 4a, und Frau Lange, Klassenlehrerin der 4b, das Zeichen zum Einsteigen. Die Bustüren öffneten sich mit einem leisen Zischen und die Kinder stürmten wie eine Horde wilder Tiere zu den Fensterplätzen. Wer Glück hatte, warf, noch ehe er sich selbst setzen konnte, seinen Rucksack mit dem Reiseproviant auf einen freien Platz.

„Kinder, Kinder!“, rief der Busfahrer und schlug die Hände über dem Kopf zusammen. „Wir haben genügend Sitzplätze!“

Aber die Worte des Busfahrers gingen ungehört im hektischen Trubel unter.

Paul nutzte seine Körperfülle aus und preschte bis zur Mitte des Busses vor, wo er gleich zwei Sitzbänke reservierte.
„Moritz! Anton!“, rief er seinen Freunden zu.
Die beiden ließen sich Zeit, stiegen ganz zum Schluss in den Bus. Inzwischen hatten alle Kinder einen Platz gefunden, während Paul noch immer seine Plätze verteidigte. Als die beiden endlich kamen, machte Moritz ein betrübtes Gesicht.
„Lässt du mich ans Fenster?“
„Klar, aber wir wechseln uns ab“, verlangte Paul und ließ seinen Freund ans Fenster durchrutschen, während Anton die vordere Bank für sich allein hatte.
Viel bekamen die Jungen aber nicht von der Landschaft zu sehen. Immer wieder wurden sie von Mitschülern umringt, die noch einmal die Geschichte mit den Museumseinbrechern hören wollten. Seit diesem Tag und nach dem großen Zeitungsartikel galten sie in ihrer Klasse als Helden. Und sie genossen die Bewunderung ihrer Mitschüler.
Als der Bus am Nachmittag im Jugendlandheim eintraf, waren die Kinder sichtlich erschöpft von der langen Fahrt. Bevor die Aufteilung in die Bungalows erfolgte, wurden beide Klassen zur Begrüßung in den Speisesaal gebeten. Frau Zieselwitz und Frau Lange sprachen abwechselnd von allerlei Verboten und Verhaltensregeln. Kein Schüler darf allein und ohne Erlaubnis das Gelände des Jugendlandheimes verlassen! Neun Uhr abends ist Nachtruhe!
Zum Schluss trat der Heimleiter vor die Kinder. Er begrüßte seine neuen Gäste und wünschte ihnen ein paar aufregende Tage. „Aber, liebe Kinder“, sagte er plötzlich mit mahnender

Stimme, „ich muss euch leider eine unangenehme Sache mitteilen. Seit einigen Tagen treibt sich auf unserer schönen Insel ein ziemlich gefährlicher Ganove herum. Er bricht nachts in Gaststätten, Wohnungen, aber auch in Bungalows ein. Er schreckt auch nicht davor zurück, in Wohnungen einzubrechen, deren Bewohner zu Hause sind. Ich möchte euch keine Angst machen, denn wenn ihr meine Weisungen befolgt, kann nichts passieren! Verschließt bitte abends die Fensterläden! Diese kann man von innen verriegeln. Die Türen müssen ebenfalls sorgfältig verschlossen werden! Es sind einbruchsichere Türen. Ihr braucht also keine Angst zu haben. Die Bungalows sind sicher wie eine Festung. Und bitte, liebe Kinder, verlasst nachts nicht die Bungalows! Sollte doch etwas passieren, sollte euch etwas verdächtig vorkommen, jeder Bungalow hat ein Telefon. Ihr könnt mich jederzeit anrufen. Ansonsten wünsche ich euch und euren Erziehern ein paar erholsame Tage an der Ostsee."
Ein Schüler, der ganz vorn stand, meldete sich und fragte den Heimleiter: „Was gibt Ihnen die Gewissheit, dass es ein Einzeltäter ist?"
„Na, du kannst ja heikle Fragen stellen", staunte der Chef des Jugendlandheimes.
„Das ist Anton", erklärte Frau Zieselwitz, „unser Kommissar, also, er will mal Kriminalkommissar werden."
„Das erklärt natürlich deine Frage. Also, die Polizei geht deshalb von einem Einzeltäter aus, weil an den Tatorten keine weiteren Spuren gefunden wurden."
Anton nickte zufrieden und Frau Zieselwitz konnte endlich

ihre Schüler auf die für die 4a vorgesehenen Bungalows aufteilen. Plötzlich riefen viele Kinder durcheinander: „Wir wollen mit Paul und Moritz zusammen!"
„Kinder, das geht nicht! In jedem Bungalow sind nur acht Betten."
„Wir haben aber Angst!"
„Das braucht ihr nicht", versuchte die Klassenlehrerin die erhitzten Gemüter zu beruhigen. „Ihr habt doch gehört, was der Heimleiter gesagt hat. Außerdem schläft in jedem Bungalow ein Erwachsener."
„Unsere Klasse hat aber nur drei Erwachsene, Bungalows haben wir aber vier", gab ein besorgtes Mädchen zu bedenken.
„Das stimmt leider", musste Frau Zieselwitz zugeben. Plötzlich lächelte sie. „Aber auch das ist kein Problem. Unsere beiden tapferen Helden, Paul und Moritz, und Anton, unser angehender Kommissar, werden mit fünf weiteren Jungen einen Bungalow bekommen."
Bei den Jungs brach ein allgemeiner Jubel aus. Ohne Erwachsenen einen eigenen Bungalow, das hätten sie sich nicht zu träumen gewagt.
„Aber!", fuhr Frau Zieselwitz belehrend fort. „Paul und Moritz, ihr seid für diesen Bungalow verantwortlich!"
„Sie brauchen sich keine Sorgen zu machen!", verkündete Paul.
„Wir passen gut auf!", bekräftigte Moritz.
„Gut, wollen wir das Beste hoffen!"
Anton war ein wenig traurig, dass das allgemeine Interesse an ihm vorüberzog. Seit der Sache mit dem Museum drehte sich

alles nur noch um Moritz und Paul. Von seiner genialen Idee, den Drogeriedieb zu überführen, sprach schon keiner mehr. Es wurde Zeit, dies zu ändern, ging es Anton durch den Kopf und in seinem Kopf reifte bereits ein Plan, dem Inseleinbrecher das Handwerk zu legen.
Da verkündete Paul lauthals: „Und wenn sich dieser Halunke an unseren Bungalow heranmachen sollte, dann machen wir Kleinholz aus ihm."
„Ihr werdet gar nichts machen!", warnte die Lehrerin. „Ihr bleibt schön in euren Bungalows, wie es der Heimleiter gesagt hat."
Plötzlich brach unter den Kindern ein fürchterlicher Tumult aus. In Sekundenschnelle wurden Pläne geschmiedet, Absprachen getroffen und Witze gerissen. Einige Schüler nahmen die Geschichte mit dem Einbrecher nicht ernst. Viele hielten sie für eine Erfindung der Erwachsenen, damit die Kinder immer schön diszipliniert ihre Anweisungen befolgen.
„Ruhe! Bitte noch einmal Ruhe, Kinder!", musste sich Frau Zieselwitz vor den aufgeregten Kindern Gehör verschaffen. „Als Erstes ist Sachen auspacken angesagt. Also ab in eure Bungalows! In zwei Stunden treffen wir uns wieder hier im Speisesaal zum Abendbrot!"
Die Kinder nahmen ihre Reisetaschen und zogen über die Kieswege zu ihren Quartieren. Die Bungalows hatten schöne große Nummernschilder, sodass man sie kinderleicht finden konnte. Zudem hatte die Heimleitung auf den Wegen Schilder aufgestellt, an denen man sich orientieren konnte. Das Gelände des Jugendlandheimes lag in einem aus hohen

Kiefern bestehenden Waldstück. Auf der der Zufahrtsstraße zugewandten Seite wuchsen ein paar junge Birken und einige Haselnusssträucher. Dazwischen hatte die Heimleitung einen wunderschönen Abenteuerspielplatz errichten lassen. Hier konnten die kleinen Gäste nach Herzenslust herumtoben. Es gab mehrere Tischtennisplatten und eine Freiluft-Kegelbahn.

Die acht Jungen bekamen den Bungalow mit der Nummer 7, der sich weiter hinten in der Anlage befand. Von der Terrasse aus kam man zuerst in einen länglichen Korridor, von dem seitlich vier Türen abgingen. Vorn befanden sich die beiden Schlafräume mit je vier Betten und dahinter das Badezimmer mit zwei Waschbecken und zwei Duschen. Auf der gegenüberliegenden Seite waren die Toiletten.

Als Paul, Moritz und Anton ins linke Zimmer einbogen, rief Benjamin, der kleinste Schüler, erschrocken: „Das geht nicht!"

„Was geht nicht?" Paul sah seinen Mitschüler verwundert an.

„Ihr dürft nicht zusammen in einem Zimmer schlafen!"

„Und warum nicht?"

„Na ja", stammelte Benjamin, dem das peinlich war, da er als Kleinster ohnehin als Schwächling galt. „Ich meine ja nur. Es wäre schön, Paul, wenn du bei uns drüben schlafen könntest. Bitte, bitte!"

Paul schmeckte das gar nicht. Er wollte mit Moritz und Anton zusammen sein. Aber er fühlte sich in der Rolle des Beschützers geschmeichelt und willigte schließlich ein.

„Wir lassen die Türen offen", schlug Anton vor. „So sind wir immer in Hörweite."

Die Jungen brachten ihr Gepäck in die Zimmer und räumten ihre Taschen aus. Zwei Bewohner mussten sich einen Schrank teilen. Als das Auspacken erledigt war, trafen sie sich in Moritz' und Antons Zimmer. Da wurde es ziemlich eng, und während vier Jungen am Tisch Platz fanden, setzten sich die anderen auf die Betten.

„So, und was machen wir jetzt?", fragte einer.

„Ich überlege schon die ganze Zeit", begann Anton, „wie wir diesen Einbrecher schnappen könnten, falls er sich hier bei uns blicken lassen sollte."

„Und wenn es gar keinen gibt?", gab Benjamin zu bedenken.

„Genau, die wollen uns doch nur Angst machen."

„Das glaube ich nicht", meldete sich Paul. „Ich habe das Gefühl, an der Geschichte ist was dran."

„Denkst du wirklich?" Seine Klassenkameraden sahen ihn entsetzt an.

Plötzlich sprang Anton auf und verkündete: „Ich habe eine Idee. Wir brauchen eine Schaufel, einen Spaten, mehrere Eimer, mindestens zwölf Springseile und einen Stapel alte Zeitungen."

„Im Speisesaal habe ich Zeitungen herumliegen sehen", verkündete Benjamin.

„Ausgezeichnet", sagte Anton, dem es gefiel, wieder das Kommando übernehmen zu können. „Du besorgst unauffällig die Zeitungen. Und die anderen kommen mit mir!"

Die Jungen verließen den Bungalow. Auf der Rückseite, sodass sie nicht gesehen werden konnten, versammelten sie sich. Anton erläuterte seinen Plan.

„Ihr habt doch auch die Feuerwehrtafeln gesehen. Dort finden wir Schaufel, Spaten und Eimer. Los!"
„Halt!", rief Moritz. „Und die Springseile?"
„Richtig. Hatte ich ganz vergessen. Hinterm Speisesaal ist eine kleine Sporthalle. Vielleicht haben wir dort Glück. Moritz, willst du das gleich übernehmen?"
„Okay, Boss!"
Die Jungen stiebten in alle Richtungen auseinander, schlenderten, als würden sie spazieren gehen, über die Kieswege und besorgten unauffällig die benötigten Gegenstände. Da Einbrecher oft versuchen, durch Fenster einzusteigen, gruben die Jungen vom Bungalow 7 vor dem rechten Zimmerfenster ein tiefes Loch. Dieses lag zum Wald hin und bot optimalen Sichtschutz. Ideal zum Einbrechen. Für Anton bestand da überhaupt kein Zweifel.
Die ausgebuddelte Erde füllten die emsigen Jungen in die Eimer und verteilten sie im Wald. Während die einen abwechselnd mit Schaufel oder Spaten arbeiteten, sammelten die anderen schon fleißig umherliegende Äste und Zweige. Zwei standen Schmiere, um notfalls Alarm schlagen zu können. Das war aber nicht nötig. Zu sehr waren die anderen Bungalowbewohner mit Sachen auspacken und Probe liegen in ihren Betten beschäftigt.
Als die Grube tief genug ausgehoben war, zeigte Anton, was er mit den Seilen vorhatte. Vier würden sie zum Fesseln des Ganoven benötigen. Die restlichen acht Seile verknotete er zu einem langen Strick, knüpfte dann eine Schlinge, die er um den Rand der Grube legte. Die beiden Enden wurden

an Baumstämmen befestigt. Sollte der Einbrecher in die Falle tappen, würde sich die Schlinge beim Einsturz schließen und der Kerl wäre gefangen. Die Jungen bewunderten Antons Ideenreichtum. Als die Sache mit den Seilen erledigt war, deckten sie ihre Grube sorgfältig mit Ästen und Zweigen ab. Dann legten sie eine Lage Papier darauf und anschließend Laub. Nach knapp zwei Stunden war die Falle fertig.

Am Abend, das Licht war längst gelöscht, lauschte die Bungalowbesatzung von Nummer 7 den geheimnisvollen Geräuschen des Waldes. Erst sehr spät überwältigte sie die Müdigkeit und ihr Geflüster verstummte.

Am Morgen klingelte das Telefon. Sieben Uhr dreißig war Weckzeit. Das war übers Telefon ganz praktisch, denn die Lehrer brauchten nicht durch die halbe Anlage zu rennen, um ihre Schäfchen zusammenzutrommeln.

Die Jungen aus Bungalow 7 stürmten noch vor dem Zähneputzen und mit großer Erwartung zu ihrer Falle. Sie hatte unversehrt die Nacht überstanden.

„Mist!", schimpfte Moritz. „Der kommt doch nie im Leben."

„Sehe ich auch so", bekräftigte Paul.

„Seid nicht so ungeduldig!", mahnte Anton. „Wir sind ja noch vier Tage hier."

Und diese Tage verstrichen wie im Fluge. Die Viertklässler machten tolle Ausflüge. Sie schauten sich den Fährhafen Saßnitz an, schipperten zur Insel Hiddensee und besuchten Kap Arkona, die nördlichste Spitze der Insel Rügen, wo einem stets ein kräftiger Wind um die Nase blies.

Und dann kam die letzte Nacht. Erschöpft von den Anstrengungen des letzten Tages schliefen die Jungen ziemlich rasch ein. Mitten in der Nacht passierte es! Erst war nur ein leises Rascheln und Knacken zu hören. Paul, der gerade zufällig auf Toilette musste, hörte diese verdächtigen Geräusche. Jemand näherte sich ihrem Bungalow. Er sprang aus seinem Bett und weckte behutsam die anderen Jungen.

„Pst, seid leise! Da ist etwas."

Jetzt hörten es die anderen auch.

„Ich habe Angst", jammerte Benjamin und versteckte sich hinter Paul.

„Quatsch! Uns kann doch nichts passieren", zerstreute Paul die Ängste seines Mitschülers. „Der da draußen sollte lieber Angst haben." Die Schüler bewunderten Paul. In dieser Situation hatte er sogar noch ein Späßchen auf den Lippen.

„Ob das der Einbrecher ist?", fragte einer der Jungen.

„Pst, ihr müsst leise sein!", verlange nun auch Anton. „Er darf nicht hören, dass wir wach sind."

„Und kein Licht anmachen!", verlangte Moritz, der sich über seinen konstruktiven Vorschlag freute.

Die Schritte verstummten plötzlich. War er stehen geblieben? Plötzlich hörten sie ein Rascheln und Schaben, das in ihrer unmittelbaren Umgebung zu sein schien.

„Er versucht es an der Tür", flüsterte Anton. Die Jungen wagten kaum zu atmen. Einige hielten sich vor Schreck den Mund zu.

Die Türklinke wurde heruntergedrückt. Dann rüttelte jemand daran, als könne er sie mit bloßer Kraft öffnen. Aber das war bei diesen einbruchsicheren Türen nicht möglich. Plötzlich

war wieder Ruhe. Hatte er aufgeben? Wieder hörten die Jungen diese knirschenden Schritte. Ob er verschwindet?
„Ich glaube, er versucht es jetzt übers Fenster", flüsterte Anton.
Das Knirschen wich einem ächzenden Knacken ausgedörrter Zweige, die überall auf dem Nadelteppich des Waldes lagen. Ein leises Rascheln war plötzlich in der Nähe des Fensterladens zu hören.
„Gleich", frohlockte Paul, und plötzlich durchriss ein lauter und durchdringender Schmerzschrei die dunkle Nacht.
„Er ist in unsere Falle gegangen", jubelte Moritz.
Die anderen Jungen klatschten freudig in die Hände.
„Und jetzt kommt der schwierigste Teil", verkündete Anton. „Wir müssen dafür sorgen, dass uns der Kerl nicht entkommt!"
„Aber der Heimleiter hat doch gesagt, dass wir nachts nicht rausgehen dürfen!", gab einer der Schüler zu bedenken.
„Genau", winselte Benjamin und zitterte am ganzen Körper.
„Du kannst ja hierbleiben, wenn du Schiss hast!", sagte Moritz streng.
„Wenn wir noch länger warten, haut er vielleicht ab", drängte Paul. „Und dann wäre unsere ganze Arbeit umsonst gewesen."
„Immerhin haben wir verhindert, dass er eingebrochen ist", hielt Benjamin dagegen.
„Kommt jetzt!", befahl Anton und öffnete behutsam die Tür. Zuvor hatten sie sich schnell noch Jogginganzüge angezogen.
„Halt!", rief Paul. „Wir brauchen Taschenlampen."

Einige Jungen eilten zu ihren Schränken zurück, um Taschenlampen zu holen. Dann schlichen sie auf Zehenspitzen in die laue Nacht hinaus. Sie drückten sich ganz nah an die Hauswand und tasteten sich bis zur Ecke vor. Paul ging voran. Er war auch der Erste, der sich traute, um die Ecke zu gucken. Ein Mann steckte bis weit über die Hüften in der Grube und versuchte krampfhaft, sich zu befreien. Mutig umzingelten ihn die Jungen, natürlich nicht, ohne einen sicheren Abstand einzuhalten, und leuchteten mit ihren Taschenlampen in sein verdutztes Gesicht.

„Los, helft mir hier raus!", fauchte der Gauner.

„Das könnte Ihnen so passen! Strecken Sie Ihre Hände vor!", befahl Paul.

„Warum?"

„Damit wir Sie fesseln können."

„Bei euch piept's wohl?", schniefte er wütend.

Die Jungen bildeten, wie die Spieler einer Fußballmannschaft, einen Kreis um ihre Fallgrube. Entschlossen rückten die acht Jungen dem in der Falle steckenden Einbrecher näher.

„Den Ersten, den ich von euch erwische, drehe ich den Hals rum!", drohte dieser und seine Worte verfehlten ihre Wirkung nicht. Drei Jungen blieben wie versteinert stehen. Umso entschlossener stürzten sich die anderen auf den Mann. Es gelang ihnen aber einfach nicht, seine Hände zu fesseln, und ehe sie sich versahen, hatte der Mann Moritz in seine Gewalt gebracht. Er zog den Jungen zu sich herunter und nahm ihn in den Schwitzkasten, wobei er derart fest zudrückte, dass Moritz panisch nach Luft rang.

Während die Jungen vergeblich versuchten, ihren Mitschüler zu befreien, sprintete Paul zur Feuerwehrtafel und riss einen Spaten herunter.
„Geht zur Seite!", kreischte er mit lauter Stimme und die Jungen sprangen erschrocken zur Seite. Dann hob er den Spaten über den Kopf und schrie: „Wenn Sie meinen Freund nicht loslassen, haue ich Ihnen eins über die Rübe!" Der Mann, von Pauls Entschlossenheit beeindruckt, ließ Moritz sofort los und flehte: „Tu's nicht, bitte!"
„Entweder Sie lassen sich fesseln oder ich schlage zu!"
Der Einbrecher gab auf und ließ sich willenlos fesseln. Die drei Schisshasen waren erleichtert.
„Benjamin", rief Anton, „wir beide holen jetzt den Heimleiter. Und du, Paul: Pass auf, dass der sich nicht rührt!"
„Und wenn doch?"
„Dann machst du ihn kalt!", erwiderte Anton, wie er es mal in einem Gangsterfilm gesehen hatte.
Der Heimleiter staunte nicht schlecht über den unerwarteten nächtlichen Besuch. „Ich hatte euch doch gebeten, die Bungalows nachts nicht zu verlassen!", sagte er streng.
„Ja, wissen wir", antwortete Anton. „Aber die Situation hat uns dazu gezwungen."
„Welche Situation?"
„Der Einbrecher", zitterte Benjamin.
„Welcher Einbrecher? – Ihr habt wohl schlecht geträumt?"
„Kommen Sie bitte mit!"
Der Heimleiter rieb sich die Augen, als er den Mann in der Grube stecken sah. Nach einer kurzen Schrecksekunde alar-

mierte er mit seinem Handy die Polizei. Keine zehn Minuten später war eine Polizeistreife zur Stelle. Die Beamten hatten leichte Arbeit. Sie brauchten den gefesselten Einbrecher nur noch aus dem Loch zu ziehen und zum Streifenwagen zu bringen.

Die erhoffte Lobeshymne blieb am anderen Morgen aus. Die acht Jungen bekamen vor versammelter Mannschaft eine ordentliche Standpauke, weil das Graben von Löchern im Gelände verboten ist und weil sie einige Verbote missachtet hatten. Dann aber taten dem Heimleiter die acht Superhelden leid, wie sie mit gesenkten Köpfen vor ihm standen. Und schließlich sagte er: „Na ja, zum Glück ist ja nichts passiert. Und einen guten Zweck hatte eure Aktion schließlich auch. Und nun beeilt euch, dass ihr das Loch wieder zu bekommt, bevor ihr nach Hause fahrt!"

Vierter Fall

Der Fahrraddieb

Die neue Woche ging richtig gut los. Paul kam mit einem nagelneuen Mountainbike auf den Schulhof gebrettert. Er legte eine lupenreine Vollbremsung hin, dass es ihn samt seinem Drahtesel um hundertachtzig Grad herumschleuderte, und er in einer Staubwolke effektvoll zum Stehen kam.

„Wow!", staunte Anton. „Tolles Rad."

„Bekomme ich zum Geburtstag", verkündete Paul stolz.
„Aber du hast doch erst nächste Woche."
„Na ja", lächelte Paul verschmitzt, „hab's mir eben schon mal ausgeliehen. Probefahrt muss schließlich sein."
„Und damit waren deine Eltern einverstanden?"
„Keine Ahnung. Habe sie nicht gefragt."
Anton machte ein entsetztes Gesicht und Paul musste lachen. In diesem Moment sah sein Freund aus wie ein Fußgänger, dem eine Dampfwalze über die Füße gerollt ist.
„Wo hast du eigentlich Moritz gelassen?"
„Der musste noch mal zurück. Pausenbrote vergessen."
In der Hofpause gingen die drei Freunde zusammen mit Benjamin, dem Kleinsten ihrer Klasse, zu den Fahrradständern. Es wurde gefachsimpelt, was das Zeug hielt. Und da Paul ein qualitativ hochwertiges Rad geschenkt bekommen wird, konnten die Jungen nur wohlwollende Kommentare abgeben.
Der Jungbesitzer fühlte sich sichtlich geschmeichelt und lud mit einer großmütigen Geste zu einer Testfahrt ein.
„Ich darf als Erster", stellte Anton klar und griff nach dem Lenker. Er spürte sofort die angenehm weichen Griffe. Dann schwang er sich auf den Sattel, stieß sich vom Boden ab und trat ordentlich in die Pedalen. Das himmelblaue mit Perleffekt lackierte Mountainbike fuhr sich leicht und angenehm geschmeidig. Das sanfte, aber kraftvolle Dahingleiten erinnerte Anton an den eleganten und dennoch impulsiven Spurt einer fliehenden Antilope. Die Gabelfederung schluckte jede Bodenwelle. Die Gangschaltung funktionierte fehlerfrei und hakelte nicht wie bei Billigschaltungen von Baumarkträdern.

„Wahnsinn!", verkündete Anton, als er zurückkam. „Das könnte mir auch gefallen."
„Jetzt bin ich dran!", drängte Benjamin ungeduldig vor und versuchte an den Lenker zu kommen. Der stärkere Moritz war damit jedoch überhaupt nicht einverstanden und stieß Benjamin kurzerhand zur Seite. „Du bist nach mir dran!", stellte er kategorisch klar.
Benjamin zog beleidigt ab und sagte im Weggehen in einem trotzigen Ton: „Dreht doch eure blöden Runden allein! Ich kann bis Mittwoch warten, da kriege ich von meiner Oma das gleiche Mountainbike."
„Was, du auch?", staunte Paul. „Du hast doch aber erst im Oktober Geburtstag."
„Man muss doch nicht immer Geburtstag haben, um ein Fahrrad geschenkt zu bekommen", erwiderte Benjamin und war sichtlich eingeschnappt.
Der restliche Schultag dehnte sich wie ein ausgeketschter Kaugummi. Paul fieberte dem schrillen Ton der Schulklingel entgegen. Er freute sich auf sein neues Rad und wollte damit am Nachmittag durch Bühlerstädt zur Schau fahren. Vielleicht würde er sogar durch den Stadtpark radeln, um auch noch die Geländeeigenschaften zu testen.
Endlich waren die beiden letzten Stunden angebrochen. Sport stand auf dem Plan – Pauls Lieblingsfach. Als sportlicher Schüler konnte er sich stets mit seiner Sportnote den Durchschnitt aufpolieren. Paul spielte ja Fußball, wenn er auch bloß zwischen den Torpfosten stand.
Benjamin hatte als Asthmatiker eine Sportbefreiung und durf-

te nach der vierten Stunde nach Hause gehen. Als die Klasse geschlossen zur Turnhalle rübermarschierte, war er der Einzige, der in die entgegengesetzte Richtung zum Schultor trottete. Ein paar Schüler schauten ihm neidisch hinterher, wären am liebsten mit ihm mitgegangen.

Ihr Sportlehrer, früher ein erfolgreicher Zehnkämpfer und Weltklassesportler, der sogar bei einer Weltmeisterschaft eine Bronzemedaille gewonnen hatte, teilte die Turnhalle mit einem Netz in zwei Felder. Die Mädchen spielten auf der einen Seite Völkerball, die Jungen auf der anderen Volleyball.

Nach dem Sportunterricht stürmten die Jungen, während sich die Mädchen Zeit ließen, in die Umkleideräume. Paul hatte es an diesem frühen Nachmittag besonders eilig.

„Nun warte doch mal auf mich!", murrte Anton, der in Unterwäsche dastand und nach seiner Hose suchte.

Ungeduldig trampelten Paul und Moritz von einem Bein aufs andere. „Wir warten an den Fahrradständern. Aber beeil dich!", rief Paul, der es nicht mehr aushielt.

Anton fand endlich seine Jeans, die unter die Bank geraten war und an der lauter Staubfusseln klebten. Seine Jacke blieb verschwunden. Plötzlich sah er, wie sie sich ein Mitschüler überstreifte, der sie mit seiner eigenen verwechselt hatte.

Endlich war Anton fertig und verließ eilig die Turnhalle. Schon von Weitem sah er, dass etwas nicht stimmte. Paul stand wie vom Donner gerührt bei den Fahrrädern. Sein Schulrucksack lag, wie achtlos weggeworfen, im Staub.

„Paul, was ist denn passiert?", fragte Anton schon von Weitem.

Während der Angesprochene kein Wort herausbrachte, deutete Moritz auf ein am Boden liegendes Fahrradschloss – fein säuberlich durchtrennt. Anton begriff sofort. Zwei dicke Tränen kullerten über Pauls Wangen.
„Geklaut!", empörte sich Anton. „Diese Schweine haben dein schönes Mountainbike geklaut."
So sehr sich Paul mühte, sein Hals blieb wie zugeschnürt. Er konnte einfach kein Wort herausbringen.
„Wir müssen es der Schulleiterin melden!", schlug Moritz vor.
„Nein, Moritz!", schrie Paul plötzlich. „Bloß das nicht! Dann erfahren es doch meine Eltern."
„Früher oder später bekommen sie es ohnehin mit."
„Moritz, bitte! Du musst es für dich behalten! Mein Vater", schluchzte Paul, „dreht glatt durch, wenn er das erfährt."
„Weißt du, wie viel das Bike gekostet hat?", wollte Anton wissen und es hörte sich an, als hätte er bereits einen Plan.
„599 Euro, und das war schon ein Sonderpreis."
„Dann bleibt uns nichts weiter übrig", überlegte Anton, „als dein Mountainbike wiederzufinden."
„Und wie willst du das anstellen?"
„Ich hab da eine Idee", antwortete sein Freund und lächelte Paul aufmunternd zu. „Wenn du den Preis deines Mountainbikes kennst, weißt du sicher auch, wo es deine Eltern gekauft haben."
„Klar doch, bei Räder-Lorenz. Ich war schließlich dabei."
„Gut, dann müssen wir die Spur dort aufnehmen. Um vier Uhr treffen wir uns am Springbrunnen!"

Am Marktplatz trennten sich die Jungen, und während Paul und Moritz in die Oststraße einbogen, radelte Anton durch die Weststraße heimwärts. Bis zum vereinbarten Treffen wollte er seine Hausaufgaben erledigen, konnte sich aber nicht richtig konzentrieren. Der Fall um Pauls geklautes Rad hatte ihn gepackt. Anton verfügte über einen angeborenen Spürsinn für kriminalistische Zusammenhänge. Er konnte blitzschnell Fakten beurteilen, Schlüsse ziehen und daraus das weitere Handeln ableiten – eben ein geborener Kriminalist.
Paul wusste zwar nicht, was Anton im Schilde führte, aber er vertraute ihm, und er war froh, dass er einen so hilfsbereiten Freund hatte. Moritz war natürlich auch mit dabei, hatte aber ebenfalls keinen blassen Schimmer. Schon zehn Minuten vor der vereinbarten Zeit standen die beiden am Brunnen und ließen sich auf eine Bank nieder. Kurz darauf kam Anton.
„Wir gehen jetzt zu Räder-Lorenz", erklärte Anton. „Ich tue so, als würde ich mich für ein Mountainbike interessieren."
„Und was hast du vor?", wollte Moritz wissen.
„Erst mal sehen, wie sich die Sache entwickelt. Und du Paul, du darfst nichts von deinem geklauten Rad erwähnen! Das ist ganz wichtig."
Paul nickte, obwohl er den Sinn dieser Anweisung nicht verstand.
Ein paar Minuten später betraten die drei Jungen das Geschäft, in dem es nach Gummi, Metall und Mechanikeröl roch. Wohin man auch schaute – Fahrräder über Fahrräder. Mittendrin stand der Verkaufstresen und dahinter lauerte Herr Lorenz erwartungsvoll auf Kundschaft.

„Na, was kann ich für die jungen Herren tun?", begrüßte Herr Lorenz die drei übertrieben freundlich.
„Wir", begann Anton, merkte noch rechtzeitig, dass er sich fast verplappert hätte, und sagte schnell: „Ich suche ein Fahrrad."
„Aber hallo", jauchzte Herr Lorenz vergnügt, „da bist du ja bei mir genau richtig. Und hast du schon eine Vorstellung, wie der neue Drahtesel aussehen soll?"
„Ein Mountainbike."
„Ja, logisch", feixte Herr Lorenz, „in eurem Alter hätte ich auch nichts anderes gewollt."
Der Ladeninhaber kam hinter dem Tresen hervorgetänzelt und führte das Trio in einen Nebenraum, der mindestens noch mal so groß war. Mit einer ausschweifenden Armbewegung sagte er: „Das ist alles, was ich anzubieten habe. Ich hoffe, es ist etwas für den jungen Herrn dabei."
Paul kämpfte gegen die Tränen an, als er plötzlich die Mountainbikes entdeckte. Er kniff Anton unauffällig am Arm. Sein Freund begriff sofort und ging zielstrebig auf diese Reihe zu. In mehreren Farben standen die Räder zur Auswahl und alle hatten diesen Perleffekt.
„Wahnsinn!", staunte Anton, „die hier sind ja megageil."
„Ich sehe", lobte Herr Lorenz, „hier spricht der Fachmann. Das sind aber auch wirklich erstklassige Modelle, sehr gute Verarbeitung und bis Monatsende gibt's die noch zum Angebotspreis."
„Wieso Angebotspreis?", stutzte Anton raffiniert. „Die kauft wohl sonst keiner?"

„Doch, doch", entgegnete der Fahrradhändler, „ich habe schon einige davon verkauft."
„Auch von diesen blauen?"
„Klar doch, zwei Stück sogar. Warum fragst du?"
„Weil Sie von den blauen mehr haben, als von den roten oder grünen."
„Logisch, von diesen habe ich mehr besorgt", erklärte Herr Lorenz und stutzte plötzlich. „Sag mal", wandte er sich an Paul, „du bist doch erst kürzlich mit deinen Eltern hier gewesen?"
Paul nickte.
„Und ihr habt so ein blaues gekauft?"
Paul nickte abermals.
„Alles klar. Jetzt habe ich verstanden", sagte Herr Lorenz zu Anton. „Du möchtest auch so ein Rad wie dein Freund."
„Meins wurde geklaut", platzte Paul ungehalten dazwischen.
„Nicht möglich!", stutzte der Verkäufer.
„Doch, heute erst."
„Deine Eltern haben doch bestimmt eine Fahrradversicherung?"
„Weiß ich nicht", zuckte Paul mit den Schultern, spürte aber in diesem Moment eine gewisse Erleichterung. Wenigstens der materielle Schaden könnte ausgebügelt werden. Trotzdem bliebe seinen Eltern die Enttäuschung, dass er sich das Rad unerlaubt, sozusagen hinter ihrem Rücken, genommen hatte.
Dann hörte Paul, wie sich Anton für die nette Beratung bedankte und sagte, er müsse es sich noch einmal überlegen.

„Und“, fragte Paul enttäuscht, als sie wieder draußen auf der Straße standen, „willst du jetzt die ganze Stadt absuchen?“
„Vielleicht. Dazu bräuchten wir aber die Rahmennummer. Hast du sie aufgeschrieben?“
„Nein, konnte ja nicht ahnen, dass ...“, seufzte der Unglücksrabe.
„Dann wird's schwierig, aber suchen müssen wir trotzdem.“
Sofort begannen die drei Jungen mit ihrer Suchaktion, durchstreiften die Straßen ihrer Kleinstadt, immer hoffend auf Kommissar Zufall. Sie schauten am Stadion vorbei, suchten vor der Rathausgalerie und auch am Waldbad. Aber weit und breit war kein blaues Mountainbike zu finden. Auch der Dienstag und Mittwoch verlief ergebnislos. Und dann erlebten sie eine faustdicke Überraschung – am Donnerstagmorgen. Paul hatte gerade sein altes, klappriges Fahrrad und Moritz sein Citybike abgeschlossen, als Anton um die Ecke geradelt kam. Sie warteten, bis auch er seinen fahrbaren Untersatz angeschlossen hatte, um dann gemeinsam ins Klassenzimmer zu gehen. Da kam Benjamin in einem Affenzahn auf den Schulhof gerauscht, als wäre der Teufel hinter ihm her. Paul blieb wie angewurzelt stehen. Benjamin kam, wie er es bereits am Montag angekündigt hatte, mit einem nagelneuen Mountainbike. Und es war nicht irgendein Mountainbike, sondern haargenau das gleiche Modell wie das gestohlene. Sogar die Farbe stimmte.
Paul stürzte sich wutschnaubend auf den ahnungslosen Benjamin und schrie ihn wütend an: „Du gemeiner Dieb! Das ist mein Rad.“ Er griff nach dem Lenker, um es seinem Klassen-

kameraden wegzureißen. Benjamin, körperlich völlig unterlegen, machte gar keine Anstalten, sein Rad zu verteidigen. Der zaghafte Versuch, sich krampfhaft am Lenker festzuhalten, scheiterte daran, dass Paul dem vermeintlichen Dieb zwei kurze, aber heftige Schläge auf die Unterarme versetzte, damit dieser endlich das Rad herausrückt.

Benjamin jammerte mit heulender Stimme: „Meine Oma hat's mir geschenkt. Wirklich!"

„Ha, ha", lachte Paul, „das kannst du deiner Großmutter erzählen!"

Anton hatte während des kurzen, aber heftigen Streits völlig tatenlos dabeigestanden, nicht aber, weil er sich nicht einmischen wollte, sondern weil ihm eine Idee gekommen war, und er nachdenken musste.

„Paul!", rief Anton. „Hör auf damit! Du hast keinen Beweis, dass das dein Fahrrad ist."

„Es ist aber mein Rad."

„Es sieht so aus wie dein Rad. Außerdem kannst du Benjamin nicht grundlos verdächtigen. Das ist unfair."

Benjamin freute sich über den unverhofften Beistand und wunderte sich, dass Anton so unparteiisch reagierte.

„Ich hab's wirklich von meiner Oma gekriegt", bekräftigte er sicherheitshalber.

„Und weißt du auch, wann und wo es deine Oma gekauft hat?"

„Na, bei Lorenz – gestern Nachmittag. Sie ist doch für ein paar Tage aus Berlin zu Besuch."

Anton kam eine Idee, wie er den Täter überführen könnte.

Plötzlich löste er das Schloss von seinem Rad und sagte: „Ich muss noch mal schnell nach Hause."
„Warum? Der Unterricht fängt gleich an."
„Hab mein Mathebuch vergessen", rief er und radelte bereits vom Schulhof. Verwundert blickten ihm die drei hinterher.
Anton fuhr tatsächlich nach Hause, aber nicht wegen eines vergessenen Buches, sondern weil er die kleine Digitalkamera seiner Mutter holen wollte.
Die Klassenlehrerin Frau Zieselwitz ermahnte Anton, als er eine Viertelstunde zu spät zum Unterricht erschien. Anton schluckte, aber sein Plan war viel zu gut, um sich diese Gelegenheit entgehen zu lassen. Zu seinen Freunden sagte er kein Wort. Es sollte eine Überraschung sein. Und Augen würden die machen, wenn Anton auf diese Weise den Fall aufklären würde.
Doch zuvor erlebten die Jungen eine ganz andere Überraschung. Nach Schulschluss gingen sie gemeinsam zu den Fahrradständern. Paul sah als Erster das sauber durchtrennte Fahrradschloss am Boden liegen. Als es Benjamin entdeckte, blieb er wie versteinert stehen und war zu keiner Regung fähig.
„Entweder haben wir es mit einem professionellen Dieb zu tun oder einem dumm-dreisten", verkündete Anton. Und zu Paul sagte er: „Jetzt weißt du wenigstens, dass Benjamin dein Fahrrad nicht geklaut haben kann."
„Ja, ist ja schon gut", knurrte Paul.
„Benjamin, nun zieh nicht so ein Gesicht!", sagte Anton. „Wir finden dein Fahrrad. Versprochen!"

„Was hast du vor?“, fragte Paul.
„Sag bloß, du kennst den Dieb?“, staunte Moritz.
„Ich habe einen Verdacht. Morgen erfahrt ihr mehr. So lange müsst ihr noch warten.“
„Sag schon!“
„Vertraut mir. Wenn ich mehr verrate und einer verplappert sich, geht mein Plan nicht auf und ihr seht eure Räder nie wieder.“
Das wollte natürlich weder Paul noch Benjamin riskieren.
„Also, nehmt euch für morgen Nachmittag nichts vor!“, sprach Anton weiter. „Morgen lösen wir den Fall – hoffe ich jedenfalls.“
In der folgenden Nacht schliefen Paul und Benjamin schlecht. Die Sorge um ihre gestohlenen Fahrräder ließ sie nicht zur Ruhe kommen. Und beide, wirklich beide, zweifelten, ob es Anton gelingen würde, den Dieb zu ermitteln.
Am Freitagnachmittag, pünktlich zur verabredeten Zeit, trafen sich Paul, Benjamin und Anton am Springbrunnen. Moritz hatte keine Zeit, musste mit seinen Eltern zu einem Krankenbesuch. Und dann marschierten sie los zu Räder-Lorenz.
Als sie ihr Ziel erreicht hatten, sagte Anton: „Ich geh da jetzt rein und kläre die Sache.“ Dann gab er Paul die Kamera. „Darauf musst du gut aufpassen!“
„Und was machen wir?“
„Wartet hier! Ich rufe euch, wenn ich euch brauche.“
Anton betrat mit einem unbekümmerten Lächeln den Laden und schwärmte Herrn Lorenz die Ohren voll, wie klasse seine

Mountainbikes wären. Entschieden habe er sich aber leider noch nicht, außerdem fehle ihm noch etwas Geld.
„Darf ich sie mir trotzdem noch mal ansehen?"
„Aber na klar. Wo sie stehen, weißt du ja."
Anton ging in den Nebenraum. Dort war er völlig allein, also unbeobachtet. Herr Lorenz hatte vorn zu tun, da neue Ware gekommen war, die ausgepackt werden musste. Als Antons Blick auf die Reihe blauer Mountainbikes fiel, wusste er seinen Verdacht bestätigt. Wie am Montag standen acht blaue Räder fein säuberlich nebeneinander gereiht, obwohl ein weiteres zwei Tage später verkauft worden war. Etwas war hier faul – richtig oberfaul.
Der gewiefte Kriminalist zog einen Zettel aus seiner Hosentasche. Auf dem stand: – M0280560 –. Da Anton die Stelle kannte, wo die Rahmennummern an den Mountainbikes eingestanzt war, konnte er den Abgleich zügig vornehmen. Bereits beim dritten Rad wurde er fündig. Anton jubelte innerlich – ein triumphales Gefühl. Nachdem er auch die restlichen Rahmennummern überprüft hatte, schlenderte er seelenruhig in den vorderen Verkaufsraum zurück, verabschiedete sich und verließ den Laden. Herr Lorenz hatte keinerlei Verdacht geschöpft. Anton war richtig clever vorgegangen.
Paul und Benjamin erwarteten ihn schon voller Ungeduld.
„Und? Hast du was rausgefunden?"
„Ja, Benjamin, dein Rad steht da drin."
„Und meins?", fragte Paul.
„Kann ich mit Sicherheit nicht sagen. Du kennst ja die Rahmennummer nicht."

„Meine kenne ich doch aber auch nicht", gab Benjamin zu.
„Du nicht. Aber ich kenne sie." Anton nahm die Digitalkamera und zeigte seinen Freunden ein Foto mit der eingeprägten Nummer. „Das habe ich gemacht, als ihr ins Klassenzimmer gegangen seid, gestern Morgen. Mein Mathebuch hatte ich nicht vergessen. War nur ein Vorwand. Habe zu Hause die Kamera geholt. Und damit haben wir den fehlenden Beweis."
„Das heißt also", überlegte Paul, „wenn Benjamins geklautes Rad im Laden steht, dann steht meins auch da drin."
„Davon gehe ich aus."
„Aber wer ist der Dieb?"
Jetzt musste selbst Benjamin lachen: „Mensch der Lorenz natürlich."
„So, und jetzt überführen wir den Übeltäter!"
Herr Lorenz stutzte mächtig, als die drei Jungen seinen Laden betraten. Vielleicht wurde ihm sogar etwas mulmig, denn Paul und Benjamin kannte er ja, weil sie beim Kauf ihrer Räder dabei waren. Aber er blieb äußerlich gelassen und ließ sich nichts anmerken.
„Ich hab's mir überlegt", begann Anton.
„Was hast du dir überlegt?", fragte Herr Lorenz.
„Ich kaufe mir doch kein Fahrrad bei Ihnen. In Bühlerstädt werden in letzter Zeit ziemlich viele Räder geklaut."
„Ein Fahrraddieb, in Bühlerstädt? Das gibt's doch nicht", winkte Herr Lorenz lässig ab.
„Doch, doch", bekräftigte Anton. „Meine beiden Freunde hier haben sich eines dieser tollen, blauen Mountainbikes bei Ih-

RRÄDER

nen gekauft, und beide wurden innerhalb kürzester Zeit gestohlen."

„Was ihr nicht sagt", spielte Herr Lorenz den Unschuldigen.

„Ich weiß sogar", sprach Anton ruhig weiter, „wer dahintersteckt."

„Sie sind der Dieb", konnte Paul nun nicht mehr an sich halten.

„Ihr spinnt doch!", fauchte Herr Lorenz. „Eine Frechheit, mir so etwas zu unterstellen!"

„Dann erklären Sie uns doch mal bitte, wie das Fahrrad", Anton zeigte ihm den Zettel, „mit dieser Rahmennummer wieder in Ihrem Laden stehen kann, obwohl Sie es am Mittwoch an Benjamin verkauft haben?"

„Einen rechtschaffenen Mann wollte ihr verdächtigen", schniefte Herr Lorenz. „Das hast du aufgeschrieben, als du vorhin allein im Lager warst!"

„Nein! Habe ich nicht. Diese Nummer habe ich gestern fotografiert." Anton hielt Herrn Lorenz das Kameradisplay entgegen und fügte hinzu: „Sehen Sie, da steht sogar das Datum und die Uhrzeit."

Herr Lorenz kämpfte einen Moment um seine Fassung, sagte dann aber schnell: „Ihr wollt mich austricksen, mir etwas anhängen! Verlasst auf der Stelle meinen Laden!"

„Einverstanden, Herr Lorenz, aber nur, um auf dem kürzesten Weg zur Polizei zu gehen."

„Um Gottes willen, nein, bloß das nicht", jammerte Herr Lorenz plötzlich ziemlich kleinlaut. „Bitte, lasst euch erklären", winselte er und sank vor den drei Jungen auf die Knie. Er sei momentan mit seinem Geschäft in einer ziemlich schwierigen Lage und aus Angst, Pleite machen zu müssen, sei ihm die Idee mit dem Fahrradklau gekommen. Als Händler, so vermutete er, wäre er doch am wenigsten verdächtig. Sonst sei er ein ehrlicher Bürger, und er bat die Jungen, ihm noch eine Chance zu geben. „Wenn ihr mich anzeigt, bin ich total ruiniert", klagte er. „Dann würde es in unserer Stadt auch kein Fahrradgeschäft mehr geben", gab er zu bedenken.

Die drei Jungen sahen sich nachdenklich an. Plötzlich sollten sie Schicksal spielen. Und irgendwie tat ihnen Herr Lorenz leid. In der Stadt galt er wirklich als netter und zuvorkommender Händler. Er hatte sogar vor einigen Jahren, als sein Laden besser lief, den Bewohnern des Kinderheims einige Räder geschenkt. Das stand damals ganz groß in der Zeitung und Herr Lorenz wurde überall gelobt.

Anton, Paul und Benjamin willigten schließlich ein und versprachen Herrn Lorenz, keinem etwas von diesem Vorfall zu verraten. Es sollte ihr großes Geheimnis bleiben. Als Gegenleistung bot der Fahrradhändler den Jungen an, wann immer es nötig wäre, ihre Fahrräder kostenlos zu reparieren. Außerdem musste er ihnen hoch und heilig versprechen, nie wieder ein Fahrrad zu klauen.

Mit Handschlag besiegelten sie ihre Abmachung und verließen stolz und glücklich das Fahrradgeschäft – Paul und Benjamin sogar mit ihren blauen Mountainbikes.

Fünfter Fall

Der verlorene Zehner

Kaum hatte sich der Staub um den Fahrraddieb gelegt, übrigens versprach auch Moritz, keinem etwas zu verraten, kam es zu einem Vorfall, der eine bis dahin intakte Freundschaft ziemlich ins Wanken bringen sollte. Doch der Reihe nach!

Anton hatte die letzte Nacht unruhig geschlafen. Immer wieder wurde er wach und musste an das bevorstehende Ereignis in seiner Schule denken, auf das er sich schon riesig freute. Ein richtiger Schriftsteller sollte in seine Schule kommen – ein Kinderbuchautor, wie es seine Lehrerin Frau Zieselwitz angekündigt hatte.

Anton war eine echte Leseratte, verschlang alles, was ihm in die Hände kam, und er besuchte regelmäßig die Bibliothek. Besonders Detektivgeschichten mochte er. Klar, wo er doch einmal Kommissar werden will. Auch spannende Abenteuerbücher las der Junge gern, wie das Buch „Der Mühlengeist" von Frank Kreisler oder Geschichten über Piraten. Natürlich kannte und liebte er die Reihe um „Gregs Tagebuch". Lesen war für ihn wie eine Reise in eine andere Welt – eine Welt voller Magie, Fantasie und Poesie.

Und nun sollte ein richtiger Schriftsteller, eben dieser Frank Kreisler, von dem er ja bereits ein Buch gelesen hatte, in seine Schule kommen. Der Autor wollte den beiden vierten Klassen sein neuestes Buch „Wie ein kopfloses Skelett seinen Schädel wiederfand" vorstellen. Schon der Titel klang schaurig schön, und er versprach Spannung. Anton wollte dieses Buch nicht nur lesen, sondern auch kaufen, signiert vom Autor und mit seinem Namen drin. Er konnte es kaum erwarten. Und diese Gedanken wühlten den zehnjährigen Jungen derart auf, dass er immer wieder aus dem Schlaf hochschreckte, vielleicht auch, weil er Angst hatte, er könnte verschlafen und damit die Lesung verpassen.

Lange konnte er auch an diesem Abend nicht einschlafen, obwohl er, wie er es immer nach dem Zubettgehen tat, noch eine halbe Stunde in einem Buch geschmökert hatte. Für ihn gab es nichts Schöneres als Lesen und Detektiv spielen und natürlich seine Freunde Moritz und Paul.

Als sich die Freunde am Morgen an den Fahrradständern im Schulhof trafen, sprachen sie von nichts anderem. Moritz las auch gern und viel, und sie sprachen oft über die gelesenen Bücher – jedes wie eine kleine Entdeckung. Paul dagegen war ein ausgemachter Lesemuffel.

„Ich bin schon richtig neugierig, wie der aussieht", platzte es aus Anton heraus.

„Bestimmt hat der einen Bart", vermutete Moritz.

„Habe ich auch schon gedacht. Und eine Brille. Schriftsteller haben alle eine Brille."

„Wenn der einen Bart hat, also so ein richtig zugewachsenes Gesicht, aus der nur die Nase hervorguckt, hat der bestimmt eine Glatze."

„Wie mein Opa", kicherte Paul. „Mein Opa war Seemann und hatte immer eine Pfeife im Gesicht."

„Mein Vati sagt immer, wer raucht, ist eine Pfeife. Aber du hast

recht. Frau Zieselwitz hat nämlich gesagt, der Herr Kreisler käme von der Ostsee", wusste Moritz.
„Dann hat der bestimmt auch einen Hund. Das habe ich mal im Fernsehen gesehen."
„Vielleicht bringt der ihn mit, den Hund", freute sich Paul.
„Klar, der lässt ihn doch nicht allein zu Hause", überlegte Moritz.
„Ich werde mir auf alle Fälle das Buch kaufen", sagte Anton stolz. „Meine Mutti hat mir einen Zehner mitgegeben. Und du?"
Moritz verzog plötzlich sein Gesicht, wie sieben Tage Regenwetter, zusätzlich mit Sturm und Hagel.
„Was, nicht!?"
Moritz schüttelte enttäuscht den Kopf.
„Aber du hast doch noch die Belohnung vom Museum!"
„Hab das ganze Geld meinem Vati gegeben. Ich spare doch auch auf so ein schönes Mountainbike."
„Nicht so schlimm, Moritz. Wenn ich meins gelesen habe, borge ich es dir. Paul, du kannst es natürlich auch bekommen."
„Nö, lass mal!"
Moritz schaute traurig zu Anton, denn er hätte das Buch selbst ganz gern, signiert und mit seinem Namen drin, reingeschrieben vom glatzköpfigen Schriftsteller mit einer Pfeife im Gesicht, einem Hund an der Leine und einer großen Brille auf der aus dem Rauschebart hervorstechenden Nase. Doch die trüben Gedanken waren schnell verflogen, denn die Vorfreude auf die Lesung überstrahlte alles.

Als endlich die ersten beiden, quälend langen Unterrichtsstunden vorüber waren, sollte es losgehen. Die Schüler der 4a und 4b marschierten geschlossen durchs Treppenhaus, ganz hoch zur Aula. Und dort standen sie dann vor der großen, schweren Eichentür und mussten sich noch einen Augenblick gedulden. Drinnen hatte der Schriftsteller noch einige Vorbereitungen zu treffen.
„Zwei Minuten noch", sagte Frau Zieselwitz zu den aufgeregten Kindern. „Herr Kreisler ist gleich soweit."
Anton und Moritz standen ziemlich weit vorn, hatten sich damit eine gute Position gesichert, um mit dem Öffnen der Tür auf die besten Plätze zu hechten. Paul, den die Lesung nicht interessierte, hatte sich weiter hinten postiert.
Und dann ging es endlich los. Ungeduldig schoben sich die Kinder in die Aula und stürzten sich auf die vorderen Stuhlreihen. Jeder wollte nah am Geschehen sein. Die beiden Freunde ergatterten einen guten Platz in der zweiten Reihe. Damit waren sie zufrieden, aber echt verwundert, als sie den Schriftsteller sahen – vor allem, wie der aussah, weil der nämlich überhaupt nicht komisch aussah.
„Der hat ja gar keinen Bart", flüsterte Moritz enttäuscht.
„Auch keine Glatze", ergänzte Anton. „Und einen Hund sehe ich auch nicht."
„Aber eine Brille, wenigstens das."
Frau Zieselwitz begrüßte den Gast und sagte, alle hätten sich schon sehr auf den heutigen Tag gefreut und wären echt gespannt, die Geschichte um das kopflose Skelett kennenzu-

Herzlich
en
Willko
sler
Her

lernen. Einige Mädchen kicherten. Herr Kreisler begrüßte die Kinder und hielt das Buch hoch, damit es auch die Kinder in den hinteren Reihen sehen konnten. Er sagte erst einmal etwas zur Geschichte: Samuel verabredet sich mit seiner Mitschülerin Hannah zur Geisterstunde auf dem Friedhof. Dort treffen sie auf jonglierende Gerippe, Fußball spielende Zombies, eine recht merkwürdige, aber vornehme Madam und auf einen Vorfahren von Samuel. Ihm müssen sie helfen, denn er hat seinen Kopf verloren, und den gilt es wiederzufinden. Eine aufregende Mission, ein abenteuerliches Gruselerlebnis nimmt seinen Lauf.

Wie hypnotisiert lauschten die Kinder der Geschichte. Und die Stunde verging viel zu schnell. Am Ende hielt es keinen mehr auf seinem Platz. Die Kinder sprangen auf und klatschten begeistert. Selbst Paul hatte die Geschichte beeindruckt und er überlegte einen Augenblick, das Buch vielleicht doch zu lesen. Der Schriftsteller lächelte sichtlich angetan, verbeugte sich und sagte: „Ihr seid wirklich ein ganz tolles Publikum. Ich glaube, meine Gruselgeschichte hat euch gut gefallen."

„Ja, ja, ja", erschallte es aus fünfzig Kinderkehlen.

Frau Zieselwitz überreichte dem Schriftsteller einen kleinen Blumenstrauß und bedankte sich für die beeindruckende Lesung, die auch den Lehrerinnen sehr gut gefallen hat. „Die Kinder, die Geld mitgebracht haben, können sich jetzt ein Exemplar signieren lassen", sprach sie weiter, aber da war der Lesetisch schon dicht umlagert.

Herr Kreisler zog die Schutzfolie von einem Buch und fragte den ersten Schüler: „Wie heißt du?"

„Moritz, wie Max und Moritz", erklang es stolz aus dem Mund des Jungen.
Indes stand Anton wie erstarrt. Er durchwühlte immer und immer wieder seine Hosentaschen. Sein Buchgeld war weg, spurlos verschwunden – wie der Schädel vom Gerippe. Aber das konnte doch nicht sein! In der letzten Unterrichtsstunde hatte er den Zehner doch aus seiner rechten Tasche gezogen und wieder zurückgesteckt. Vielleicht, überlegte der Junge, war der Geldschein unbemerkt aus der Tasche gerutscht, als er zum Naseputzen sein Taschentuch herausgezogen hatte. Das war, als sie vor der Tür zur Aula standen. Aber dann müsste der Geldschein noch dort liegen. Mit Sicherheit nicht, überlegte Anton, den hat längst jemand gefunden und im Sekretariat abgegeben. Er würde das tun, er wäre ein ehrlicher Finder. Anton wollte gerade Frau Zieselwitz fragen, ob er mal schnell ins Sekretariat gehen dürfe, als er sah, wie Moritz mit dem Buch in der Hand die Aula verließ.
Er stürzte hinterher und packte ihn an der Schulter: „Wie kommst du zu dem Buch?"
„Hab's mir eben gekauft", gab Moritz, dem das nicht einmal unangenehm war, trotzig zurück.
„Aber du hattest doch gar kein Geld mit."
„Dann hatte ich eben doch welches."
„Du schwindelst, du hast es ...", Anton rang mit den Tränen. Er war gleich zweifach enttäuscht: Weil er sich das tolle Buch nicht kaufen konnte und weil ihn sein bester Freund ...
Moritz drehte sich um und ließ Anton stehen. „Du bist ein Dieb", rief er ihm hinterher, „ein ganz gemeiner Dieb. Du bist

nicht mehr mein Freund!" – Moritz zuckte gleichgültig mit den Schultern und ging völlig unbeeindruckt weiter. Während des restlichen Schultages redeten sie kein Wort mehr miteinander, weder in den kleinen Pausen, noch während der Hofpause. Beim Mittagessen setzten sie sich an verschiedene Tische.

Anton hatte am Nachmittag gar keine Lust, seine Hausaufgaben zu erledigen. Er lag auf seinem Bett und starrte traurig zur Zimmerdecke. Wieso ist Moritz nur so gemein gewesen?, fragte er sich immer und immer wieder. Klar, er wollte das Buch auch gern haben. Und Antons Angebot, es zum Lesen ausgeborgt zu bekommen, reichte ihm offensichtlich nicht. Aber ist es ein Buch wert, eine Freundschaft aufs Spiel zu setzen? Jedenfalls hatte der Vorfall bewiesen, Moritz ist nicht ehrlich. Ehrlichkeit ist aber das Fundament einer Freundschaft. Wenn man seinem besten Freund nicht mehr vertrauen kann, dann ist er kein bester Freund – nicht einmal ein Freund ist er dann. Anton fasste schweren Herzens den Entschluss, Moritz von der Liste seiner Freunde zu streichen – für immer!

Als seine Mutti abends aus ihrer Drogerie nach Hause kam und in sein Zimmer schaute, um „Guten Tag!" zu sagen, war sie total überrascht, Anton so teilnahmslos auf seinem Bett liegen zu sehen.

„Fühlst du dich nicht wohl?", fragte sie besorgt und setzte sich zu ihm auf den Bettrand.

Anton erwiderte nichts, schüttelte nur den Kopf und versuchte, eine Träne niederzukämpfen. Zu spät! Schon lief ein Rinnsal an seiner Wange herunter.

„Hast wohl eine schlechte Zensur bekommen", bohrte seine Mutti indes weiter.
„Nein", kam es schwach zurück.
„Was ist es dann? Hast wohl kein Buch mehr abbekommen?"
Jetzt war es aus mit der Beherrschung. Als seine Mutti auf das Buch zu sprechen kam, konnte Anton seinen aufgestauten Kummer nicht mehr zurückhalten. So hatte sie ihn noch nie erlebt. Der ganze Frust des Tages, der Ärger über den verlorenen Zehner und die tiefe Enttäuschung über den unehrlichen Freund brachen sich nun Bahn. Und das tat gut. Anton spürte, wie er in den Armen seiner Mutter Erleichterung fand, als sie ihn zärtlich streichelte und ihm die Zeit gab, seinem Herzen Luft zu machen. Vielleicht eine Viertelstunde saß sie bei ihm und spendete Trost, indem sie einfach nur da war und auch keine weiteren Fragen stellte, weil sie wusste, Anton würde gleich mit ihr reden wollen.
„Moritz", kam es dann endlich zögerlich, „er ist so gemein."
„Ihr habt euch gestritten?"
„Schlimmer!"
„Geschlagen etwa?"
„Nein, Moritz hat mich beklaut. Er hat mir das Geld für das Buch weggenommen", sagte er, obwohl er wusste, dass das so nicht stimmte.
„Weggenommen, sagst du?"
„Na ja", relativierte Anton, „ich hab's verloren, und er hat's gefunden, mir aber nicht zurückgegeben."

„Dann gehen wir jetzt zu ihm und holen das Geld."
„Das geht nicht", murrte Anton, „er hat doch dafür das Buch gekauft."
„Dann holen wir uns eben das Buch. Es ist ja schließlich dein Buch!"
Anton widerstrebte es zwar, auf diese Weise bei seinem ehemaligen Freund aufzukreuzen, aber er war froh, dass sich seine Mutti so vehement für ihn einsetzt. Seit vielen Jahren schon war sie mit Moritz' Mutti befreundet. Zweimal in der Woche trafen sie sich zum Joggen. Und nicht nur das. Sie feierten auch zusammen Geburtstage und waren schon gemeinsam im Urlaub.
Deshalb war Moritz' Mutti kein bisschen überrascht, ihre Freundin und Anton vor der Tür stehen zu sehen.
„Kommt rein! Ich habe frischen Kirschkuchen."
„Simone", sagte Antons Mutti mit ernster Stimme, „wir sind wegen einer heiklen Angelegenheit hier. Im Moment steht uns nicht der Sinn nach Kuchen."
„Hu, das klingt ja gar nicht gut", erwiderte Moritz' Mutti erschrocken. „Kommt, wir setzen uns in die Küche!"
„Heute war doch dieser Schriftsteller in der Schule ..."
„Ich weiß. Moritz kam ganz stolz mit dem Buch nach Hause, obwohl ich ihm gar kein Geld gegeben hatte."
„Und was glaubst du, woher er es hat?"
„Von seinem Taschengeld, hat er mir gesagt."
„Leider nicht, Simone. Da hat er dich belogen."
„Nein, das glaube ich nicht."

„Doch", platzte es plötzlich aus Anton. „Moritz ist ein Dieb! Er hat mich beklaut." Und dann erklärte Anton, wie sich die Sache mit dem verlorenen Zehner wirklich zugetragen hat.
„Wartet hier! Ich hole Moritz."
Als die beiden in die Küche traten, stand Moritz mit schuldgesenktem Kopf vor ihnen. Erst in diesem Moment wurde ihm die Tragweite seines Handelns bewusst. Er schämte sich plötzlich und wurde ganz rot im Gesicht.
„Erklär uns bitte mal", forderte seine Mutti, „woher du das Geld für das Buch hast!"
„Hab's ... hab's ... gefunden", stotterte der Übeltäter.
„Und was macht man, wenn man etwas findet, was einem nicht gehört?"
„Ich ... ich weiß", rang Moritz um Worte. „Aber ich wollte ... wollte eben ... auch das Buch ... das Buch haben."
Moritz, dem vor Scham Tränen in die Augen traten, gab das Buch zurück und stammelte kleinlaut eine Entschuldigung. Und obwohl Anton sein Buch zurückhatte, wollte keine Freude bei ihm aufkommen. Logisch: Im Buch stand nicht sein, sondern Moritz' Name.
Und dann passierte etwas, das diese Geschichte zu einem richtig guten Ende führen sollte. Antons Mutti war eine sehr rührige Person, schließlich leitete sie eine Drogerie. Ihr Sohn lag längst im Bett und versuchte, sich mit dem ersten Kapitel über seinen Kummer hinwegzutrösten. Die tolle Geschichte nahm ihn sofort gefangen und lenkte ihn ab von seiner Enttäuschung über Moritz. Genau zu dieser Zeit saß seine Mutti am Computer und schrieb einen langen, ausführlichen Brief

an den Schriftsteller. Sie erklärte ihm, was an diesem Tag vorgefallen ist, und bat ihn um ein für Anton signiertes Buch. Die Unkosten für Buch und Porto würde sie ihm sofort überweisen.

Auch wenn sie nicht viel Hoffnung hatte, kam schon eine Stunde später eine überraschende Antwort. Der Schriftsteller war zutiefst berührt. Und selbstverständlich sollte Anton sein eigenes Buch bekommen. Und damit nicht genug. Für sein erduldetes Leid sollte er gebührend entschädigt werden, schrieb er, und er hätte auch schon eine Idee. Er kenne den Buchillustrator persönlich und ihm sei eine vortreffliche Idee gekommen. Mehr möchte er noch nicht verraten.

Am nächsten Abend sagte Antons Mutti: „Ausnahmsweise essen wir heute mal nicht zu Hause. Wir gehen ins ‚Mykonos'."

Auch Trixi, Antons Schwester, war hellauf begeistert und ihr Bruder völlig arglos. Als sie das gut gefüllte griechische Restaurant betraten, wurden sie von einem Kellner begrüßt, der sie zu einem freien Tisch führen wollte. Plötzlich rief Anton laut, dass einige Gäste verwundert zu ihm schauten: „Herr Kreisler, Mutti, dort sitzt Herr Kreisler!"

Der Schriftsteller sprang sofort auf und begrüßte die beiden Kinder und deren Mutter. Und noch ehe sie sich setzten, übergab er Anton das Buch. „Nun schau schon rein!"

Anton schlug das Buch auf und war baff. Der Illustrator hatte auf die erste Seite ein tolles Bild gezeichnet: eine sitzende Leseratte, die zwischen aufgeschlagenen Büchern hockt und in einem Buch schmökert. Und darüber stand: „Für Leseratte Anton!"

„Ich weiß gar nicht, wie ich Ihnen danken soll für die Umstände, die Sie sich gemacht haben."
„Keine Ursache! Es hat doch gut gepasst, wo ich doch gerade in der Region auf Lesereise bin."
„Und nun, Herr Kreisler, möchte ich Sie zum Essen einladen!"
„Aber ..."
„Kein aber! Sie sind heute Abend unser Gast."
Anton, der noch hin- und hergerissen war, staunte über den unglaublichen Appetit des Schriftstellers, als hätte er seit Tagen nichts gegessen. Und so wurde es ein richtig toller und unterhaltsamer Abend, und er erfuhr, sozusagen aus erster Hand, etwas über das Leben eines Schriftstellers.
Am nächsten Tag, einem Samstag, ging Anton in die Oststraße 12 zu Moritz. Dieser öffnete die Tür und als er seinen Freund sah, ging sofort sein Kopf runter.
„Hier", sagte Anton und reichte ihm das mit Moritz signierte Exemplar, „ich schenke es dir."
„Aber das geht doch nicht. Es gehört dir."
„Nein, ich habe jetzt selbst ein Buch. Das hier gehört dir. Bitte nimm es!"
Zögerlich griff Moritz zu. „Aber, ich war doch so gemein zu dir."
„Schwamm drüber! Ich will, dass wir Freunde bleiben."
„Echt?"
„Klaro, du etwa nicht?"
„Doch, natürlich."

Sechster Fall

Der blaue Taschendieb

Samstags war in Bühlerstädt Wochenmarkt. Händler aus Nah und Fern kamen in das kleine Städtchen, um auf dem Marktplatz ihre Waren feilzubieten. Da gab es frisches Obst und Gemüse, geräucherte Wurst und saftigen Schinken, wohlriechende Gewürze, orientalische Teppiche, Stoffe, Schuhe, Bücher, Spielzeug – einfach alles. Doch in diesem Jahr ging die Angst um, denn ein dreister Taschendieb trieb sein Unwesen.

Der Wochenmarkt war bei den Leuten sehr beliebt, und da die Stadt wenig Abwechslung zu bieten hatte, strömten die Menschen zahlreich auf den Marktplatz. Es herrschte stets ein dichtes Gedränge. Das wusste natürlich auch der Taschendieb und mischte sich in den Trubel. Die Marktbesucher schlenderten neugierig von einem Stand zum anderen, prüften die Waren und wägten ab, ob der Preis, den der Händler verlangte, in Ordnung war. Viele Frauen trugen einen geflochtenen Einkaufskorb am Unterarm, um so beide Hände frei zu haben. Das war recht praktisch, denn wenn sie etwas gekauft hatten, brauchten sie es bloß in den Korb zu legen. Auch hatten sie dadurch immer einen guten Überblick über das, was sie bereits eingekauft hatten.

Zum Entsetzen der Polizei legten die unbekümmerten Frauen ihre Geldbörsen gut sichtbar in ihre Körbe, um diese schnell griffbereit zu haben. Das war mehr als leichtsinnig. Und die

Polizei warnte ausdrücklich in allen Zeitungen und sogar im Radio vor dieser Gedankenlosigkeit. Trotzdem hielten sich viele Frauen nicht an die gut gemeinten Ratschläge. Sie dachten wahrscheinlich: Ach, mir kann so etwas nicht passieren.

Der Taschendieb ging bei seinen Beutezügen sehr raffiniert vor. Er schlenderte über den Markt und täuschte reges Interesse für die angebotenen Waren vor. Doch das Einzige, wonach er Ausschau hielt, waren die Einkaufskörbe. Sobald er einen ins Visier genommen hatte, von dem er sich besonders fette Beute erhoffte, schlich er sich vorsichtig von hinten an. Dann verfolgte er unauffällig sein ahnungsloses Opfer. In einem günstigen Moment fädelte er seinen rechten Arm gelenkig wie ein Schlangenmensch in den Korb und schnappte nach der Geldbörse. Blitzschnell verstaute der Räuber das Diebesgut unter seinem Hemd und verdrückte sich in die entgegengesetzte Richtung. Wenn die arme Frau am nächsten Stand etwas bezahlen wollte, griff ihre Hand ins Leere, denn ihr Geld war weg. Und dann gab es jedes Mal ein großes Geschrei.

Doch so sehr sich die Polizei auch anstrengte, sie konnte den Taschendieb nicht fassen. Als sich die Diebstahlanzeigen häuften, schickte der Polizeichef eine weitere Doppelstreife zum Wochenmarkt. Es half nichts. Sobald die Polizisten einen entsetzen Aufschrei einer bestohlenen Frau hörten und an den Ort des Geschehens kamen, war der Taschendieb längst verschwunden, als hätte er sich in Luft aufgelöst.

Die Polizei sah keinen anderen Ausweg, als die Bevölkerung

um Mithilfe zu bitten. Sogar eine Belohnung von 1.000 Euro wurde ausgesetzt.
„Stellt euch mal vor, 1.000 Euro“, schwärmte Anton.
„Wow, das wären 250 für jeden von uns“, jubelte Trixi.
„Wie wollt ihr denn den Taschendieb fangen, wenn es nicht einmal die Polizei schafft?“, zweifelte Moritz.
„Uns muss eben etwas einfallen“, wetterte Trixi. „Für so viele Piepen muss man schon mal seine Rübe anstrengen.“
„Ihr habt gut reden“, erwiderte Moritz mürrisch. „Die Polizei rätselt schon seit Wochen. Und ihr denkt: ‚Ach, ich gehe eben mal schnell auf den Wochenmarkt, einen Taschendieb fangen.‘ Ist doch Schwachsinn!“
„Du brauchst ja nicht mitzumachen!“, knurrte Paul, der selbst schon Feuer und Flamme war.
„Dann bekommst du natürlich auch nichts von der Belohnung ab“, ergänzte Anton.
„He, wer sagt denn, dass ich nicht mitmachen will!“, protestierte Moritz. „Ich hab halt nur meine Zweifel. Das wird doch wohl noch erlaubt sein.“
„Anstatt den Miesepeter zu spielen“, sagte Trixi forsch, „solltest du lieber überlegen, wie wir es schaffen könnten!“
Die Kinder saßen im Stadtpark auf einer Parkbank neben dem Sandkasten. Hier auf dem Spielplatz trafen sie sich an freien Nachmittagen, wenn die Hausaufgaben erledigt waren, oder in den Ferien, um zu beratschlagen, was man unternehmen könnte.
„Ich hab’s“, verkündete Anton plötzlich und alle schauten ihn gespannt an.

„Was hast du?“, fragte Moritz.
„Einen Plan“, sagte er geheimnisvoll und begann aufzuzählen: „Wir brauchen Muttis Schürze, ein Kopftuch, einen Einkaufskorb, ein altes, abgegriffenes Portemonnaie, zehn Scheine Spielgeld, eine Handvoll Münzen, einen weißen Zwirnsfaden – ungefähr einen Meter lang, und eine Dose Farbspray.“
„Farbspray?“, wunderte sich Paul.
„Ja, die Farbe spielt keine Rolle.“
Trixi und Moritz sahen Anton überrascht an.
„Ich verstehe nicht, wozu wir die ganzen Dinge brauchen. Ich dachte, wir beobachten einfach die Leute auf dem Markt“, sagte Moritz.
„Was denkst du eigentlich, was die Polizei macht“, hielt Trixi dagegen.
„Nun streitet euch doch nicht!“, sagte Anton und erklärte seinen Plan. Und je genauer er die Einzelheiten erläuterte, umso mehr freute er sich, sein Vorhaben in die Tat umzusetzen.
„Dein Plan ist genial“, gab Moritz erstaunt zu.
„Ja, wirklich großartig. Ich glaube, so könnten wir es schaffen“, pflichtete Trixi ihm bei.
„Er hat nur einen Haken!“, gab Anton nachdenklich zu. „Wir allein schaffen es nicht. Wir brauchen einen Erwachsenen, oder wenigstens jemanden, der schon so groß ist wie ein Erwachsener.“
„Vielleicht macht mein Bruder Tom mit“, schlug Moritz vor, „er ist schon fünfzehn.“
„Es muss eine Frau sein. Oder hast du schon mal einen Mann mit Kopftuch und Einkaufskorb gesehen?“

„Ich könnte ja mal meine Cousine fragen. Sie wird bald achtzehn", schlug Paul vor. Und dann fügte er noch schnell hinzu: „Die braucht immer Geld."
„Dann wären es nur noch zweihundert Euro für jeden", verkündete Anton.
„Na ja, wenn es aber ohne deine Cousine nicht geht", sagte Moritz.
„Ihr seid also einverstanden?", fragte Anton in die Runde.
Alle nickten.
„Gut. Und du, Paul, sprichst mit deiner Cousine! Wir brauchen sie!"
„Ja, die wird das schon machen", verkündete Paul.
Am Samstagmorgen, die Händler waren schon eifrig dabei, ihre Stände aufzubauen, trafen sich die Kinder unter den Rathausarkaden. Anton hatte die letzte Nacht kaum ein Auge zubekommen. Würde es Paul gelingen, seine Cousine zu überreden, zumal sie sich für ihre Aufgabe mit Schürze und Kopftuch kostümieren musste?
Anton und Trixi waren schon eine halbe Stunde vor der verabredeten Zeit am Rathaus. Jede Minute blickten sie zur gegenüberliegenden Turmuhr der Kirche. Da kam endlich Moritz.
„Ich habe mal meine Kamera mitgebracht", sagte er. „Vielleicht brauchen wir sie."
„Beweisfotos schießen", staunte Trixi. „Moritz, du bist ja richtig clever."
„Sehr gut", lobte auch Anton, „daran habe ich gar nicht gedacht. Aber wo ist Paul?"

„Zu seiner Cousine. Sicherheitshalber, falls sie im letzten Moment kneifen will."
„Gut, dann hätten wir ja alles beisammen. Ich habe eine blaue Spraydose, den Zwirnsfaden und das Portemonnaie mit dem Spielgeld dabei. Ich hab sogar einen Berg alte Münzen reingetan, damit es richtig prall gefüllt ist. Na, der wird Augen machen", lachte Anton.
Endlich kamen nun auch Paul und seine Cousine Marion. Im schnippischen Ton eines jungen Fräuleins sagte sie sofort, sie würde den Lockvogel nur spielen, weil sie dringend das Geld bräuchte.
„Jeder bekommt den gleichen Anteil", stellte Anton klar.
„200 Euro", präzisierte Moritz, „keinen Cent mehr und keinen weniger."
„Natürlich nur, wenn wir den Taschendieb erwischen", gab Trixi zu bedenken.
„Aber die blöde Schürze ziehe ich nicht an!", weigerte sich Marion plötzlich.
„Man, die ist blöd", fluchte Paul über seine Cousine. „Sie will einfach nicht begreifen, dass die Verkleidung wichtig ist."
„Das stimmt. Der Dieb muss dich für eine Hausfrau halten", erklärte Anton ruhig. „So, wie du jetzt aussiehst, mit Miniröckchen und dem engen T-Shirt, beißt der nie an."
„Entweder ohne oder gar nicht!", stellte Marion klar und zeigte einen Schmollmund.
„Wie du willst", sagte Anton, der die Operation leitete. „Dann brauchen wir dich hier nicht. Ich glaube, ich kann für Ersatz sorgen."

„An wen hast du denn gedacht?“, fragte Trixi.

„An Katja.“

„Wer ist denn Katja?“

„Die Tochter unserer Nachbarn.“

„Aber die ist schon über zwanzig“, sagte Trixi.

„Hast du 'ne bessere Idee? – Also gut, ich radle los und frag sie. In spätestens zwanzig Minuten bin ich wieder da“, sagte Anton und wollte sich gerade auf's Rad schwingen.

„Warte!“, hörte er plötzlich Marion sagen. „Ich mach's, aber nur mit der Schürze. Das bescheuerte Kopftuch bleibt weg.“

Trixi und die drei Jungen waren einverstanden und atmeten erleichtert auf. Immerhin ein Teilerfolg. Und dann begannen sie mit den Vorbereitungen. Anton nahm die fett gefüllte Geldbörse und wickelte den Zwirnsfaden in der Mitte um das Leder. Dann befestigte er das Ende an Marions Handgelenk. Ihr Lockvogel klemmte sich den Korb unter den Arm und zog über den Wochenmarkt. Trixi, Paul und Moritz postierten sich an drei ausgemachten Standorten und beobachteten das bunte Treiben. Ihre Aufgabe bestand darin, die Flucht des Täters zu verhindern. In sicherer Entfernung folgte Anton unauffällig Marion, ließ sie keine Sekunde aus den Augen. Die Farbspraydose hielt er einsatzbereit in seiner rechten Hand.

Wie jeden Samstag war wieder viel Trubel. Bis jetzt hatte sich der Taschendieb noch nicht blicken lassen. Nach einer Stunde verlor Marion die Geduld. Mit einem lustlosen Gesicht sah sie sich immer häufiger nach ihrem Schatten um. Anton warf ihr einen flehenden Blick zu, sie möge doch noch einen Augenblick durchhalten. Immerhin wartete eine schöne Belohnung.

Als nach knapp zwei Stunden der Taschendieb noch immer nicht in ihre Falle getappt war, blieb Marion plötzlich stehen, drückte Anton den Korb in die Hände und schimpfte: „Schwachsinn! Ich habe keinen Bock mehr."

Enttäuscht suchte Anton seine Schwester und die beiden Freunde. Gemeinsam zogen sie sich in den Stadtpark zurück, um zu beratschlagen, wie es weitergehen sollte. Die Kinder waren ziemlich sauer, denn mit Marion konnten sie vermutlich nicht mehr rechnen. Und Ersatz hatten sie auch keinen. Sie sahen sich um ihren Erfolg und die Belohnung betrogen. Paul hatte ja inzwischen von Anton gelernt: Kriminalistische Arbeit erfordert sehr viel Geduld.

Am Montag wurde die Bevölkerung abermals über Zeitung und Radio um Mithilfe gebeten. Zwölf Diebstahlanzeigen waren allein am letzten Samstag bei der Polizei eingegangen. Die Besucherzahlen gingen bereits merklich zurück. Viele Leute hatten Angst, beklaut zu werden. Die Händler wurden immer unzufriedener, denn ihre Umsätze brachen spürbar ein, und in diesem Punkt verstanden sie keinen Spaß. Einige Händler gaben auf und kamen nicht mehr. Das bunte Treiben des beliebten Wochenmarktes drohte allmählich zu zerbröckeln.

Andere Händler wollten das nicht tatenlos hinnehmen und erhöhten die von der Polizei ausgesetzte Belohnung auf zweitausend Euro.

„Paul, du musst noch mal mit Marion reden, bitte!", drängte Anton. „Jetzt würden immerhin schon vierhundert für jeden rausspringen."
„Aber sie hat doch gesagt, sie macht diesen Zirkus nicht noch einmal."
„Wir müssen es trotzdem versuchen", ließ Anton nicht locker.
„Und wenn wir Marion von unserem Teil der Belohnung hundert Euro abtreten?", schlug Moritz vor.
„Genau", rief Anton begeistert, „das ist eine gute Idee. Für achthundert Euro wird sie bestimmt noch einmal mitmachen. Was meinst du, Paul?"
„Na schön, ich werde noch mal mit ihr reden", versprach er, „aber viel Hoffnung habe ich nicht. Marion kann ganz schön stur sein."
Als Marion, die eifrig für ihren Führerschein sparte, hörte, dass sie in einem Handschlag achthundert Euro verdienen könnte, wurde sie schwach. Anton und Moritz mussten sich, als Marion die Schürze überstreifte und sich nun auch das Kopftuch umband, das Lachen verkneifen. Aber von hinten, stellten die Kinder zufrieden fest, sah Marion einer Hausfrau täuschend ähnlich.
Siegessicher zogen die Kinder los. Während Trixi, Moritz und Paul ihre Positionen wie letzten Samstag bezogen, mischten sich Marion und, hinter ihr, Anton unter die Marktbesucher. Marion mimte eine sachkundige Hausfrau, und das machte sie wirklich richtig gut. Sie blieb an fast jedem Stand stehen, prüfte die angebotene Ware, fragte den Händler nach dem Preis und ging schließlich weiter.

Plötzlich, sie hatte fast ihren eigentlichen Auftrag vergessen, spürte Marion einen heftigen Ruck am Handgelenk. Der Zwirnsfaden spannte sich. Jemand versuchte, die Geldbörse aus dem Korb zu ziehen. Sie drehte sich um und sah einen, gar nicht mal übel aussehenden Burschen, nicht älter als zwanzig. Er war durch die angebundene Geldbörse und durch das junge, verkleidete Mädchen derart irritiert, dass er gar nicht bemerkte, wie er in die Falle getappt war. Marion schrie laut auf. Das war das Zeichen. Anton zog schnell die Kappe von der Spraydose und nebelte die nackten Beine des Taschendiebes von oben bis unten blau ein. Dann tauchte er schnell ab und schlängelte sich durch die vielen Beine der Marktbesucher.

Einige neben Marion stehende Frauen kreischten ebenfalls erschrocken auf. Ein paar Verkäufer, die sofort die Lage erkannten, stürzten hinter ihren Ständen hervor und versuchten, den Dieb festzuhalten. Doch diesem gelang es, sich loszureißen. Seine Flucht gestaltete sich allerdings inmitten der vielen Menschen ziemlich schwierig. Er kam nur mühsam voran.

Anton hatte endlich das Ende des Marktes erreicht und traf vor dem griechischen Restaurant „Mykonos" auf eine Polizeistreife.

„Wir haben ihn", rief der Junge aufgeregt.

„Wen habt ihr?", fragte einer der Polizisten verwundert.

„Den Taschendieb. Auf frischer Tat haben wir ihn ertappt."

„Wie sieht er denn aus?"

„Er ist jung, vielleicht zwanzig, hat kurze Haare ... und blaue Beine."

„Blaue Beine?“, wunderten sich die Polizisten.
„Ich habe ihn mit blauer Farbe eingesprüht“, zeigte Anton stolz die Spraydose. „Damit man ihn besser identifizieren kann.“
Die Polizisten alarmierten über ihr Funkgerät die zweite Streife und forderten von der Zentrale Verstärkung an. Der Taschendieb versuchte indes abzutauchen. Aber immer, wenn er sich einem Ausgang näherte, wurde er von einem der dort postierten Kinder aufgeschreckt. Lautstark riefen sie: „Haltet den Dieb mit den blauen Beinen!“
Der Taschendieb saß in der Falle. Er konnte nicht mehr entkommen. Dank seiner frisch lackierten Beine konnte ihn die Polizei schnell aufstöbern und schließlich festnehmen. In Bühlerstädt zog wieder Ruhe ein. Die Marktbesucher kehrten zurück und alles war wie vorher. Und von diesem Tag an sprachen die Leute in der Stadt nur noch vom „blauen Taschendieb“.
Zwei Wochen danach fand unter großem Interesse der lokalen Presse eine kleine Feierstunde im Rathaus statt. Der Bürgermeister lobte den Einsatz der wachsamen Kinder und gratulierte ihnen zu so viel Mut und kriminalistischen Spürsinn. Aus den Händen des Polizeipräsidenten erhielten die vier Kinder und Marion die ausgesetzte Belohnung. Später, als sie wieder unten auf der Straße waren, verlangte Marion von Trixi, Anton, Moritz und Paul je einen Hunderter. Und dann sagte sie: „Wenn ihr wieder mal einen Ganoven schnappen wollt – ich bin dabei.“

Siebenter Fall

Die verschwundene Mathearbeit

Die Schüler der 4a betraten an diesem Morgen das Klassenzimmer ziemlich aufgeregt. Vor drei Tagen hatte ihre Klassenlehrerin Frau Zieselwitz die letzte große Mathearbeit vor den Sommerferien angekündigt. Es war die allerletzte Chance, eine wichtige Zensur auf dem Zeugnis zu verbessern oder zu festigen.

Einige Kinder, darunter auch Anton, brauchten eine gute Zensur, wenn sie den Sprung aufs Gymnasium schaffen wollten, ohne zusätzlich noch eine lästige Prüfung ablegen zu müssen. Aber auch ein paar andere Mitschüler wie Moritz und Paul hatten sich viel vorgenommen, waren die letzten Nachmittage zu Hause geblieben, um eifrig zu lernen. Sie standen auf Kippe und Frau Zieselwitz wollte anhand der Klassenarbeit beurteilen, welche Zensur sie den Schülern mit ruhigem Gewissen geben konnte. Bei drei, vier Mädchen ging es um eine Zwei. Paul kämpfte verbissen gegen die Vier an. Sein Vater hatte ihm sogar einen echten Lederfußball versprochen, wenn er es schafft, die Vier vom Halbjahreszeugnis in eine Drei zu verwandeln. Das wäre schon eine echt tolle Leistung, wenn man bedenkt, dass Paul im letzten Jahr so schlechte Zensuren hatte, dass er die vierte Klasse wiederholen musste.

In der 4a gab es aber auch einen Schüler, der auf einer gefährlichen Kippe stand. Es war Sebastian, und bei ihm ging es um die Versetzung in die 5. Klasse. In den Fächern Heimat-

und Sachkunde, Deutsch und Englisch würde er auf dem Zeugnis eine glatte Vier bekommen. In Mathe sah es für ihn am schlechtesten aus. Nur eine Eins oder eine Zwei konnte ihn noch retten. Aber keiner traute diesem Faulpelz eine derartige Leistung zu.

Sebastian war im Grunde genommen kein schlechter Schüler, nur eben ausgesprochen faul, lernte nur die Fächer intensiv und ausdauernd, die ihm Spaß bereiteten. Er hatte das, was man eine künstlerische Ader nennt. In den Fächern Werken und Kunst stand er auf einer glatten Eins, in Musik auf einer Zwei. Und wer fragt später schon einen Künstler, wenn er nicht richtig rechnen kann.

Die zweite Stunde begann. Frau Zieselwitz ging durch die Reihen und verteilte die Aufgabenblätter. Als sie wieder vorn am Lehrertisch stand, sagte sie: „Ihr braucht keine Angst zu haben vor den Aufgaben. Das ist alles Lernstoff dieses Schuljahres. Nehmt euch Zeit und überlegt in Ruhe die Aufgabenstellung. Bei den beiden Textaufgaben vergesst bitte nicht den Antwortsatz! Ihr habt jetzt eine Stunde Zeit. Viel Erfolg!"

Die Lehrerin setzte sich und ließ ihren prüfenden Blick durch die Klasse schweifen. Die Anwärter aufs Gymnasium stürzten sich mit Feuereifer auf die Aufgaben. Benjamin starrte gedankenversunken auf sein Blatt, beugte sich aber dann nach vorn und begann zu rechnen. Frau Zieselwitz nahm es freudig zur Kenntnis. Sie drückte gerade Benjamin, dem das Rechnen schon immer schwerfiel, beide Daumen.

Im Klassenzimmer war es mucksmäuschenstill, nur das Rascheln von Papier war zu hören und das nervöse Räuspern

angespannt denkender Schüler. Sebastian starrte auf das vorgedruckte Blatt. In der ersten Aufgabe sollten Maßeinheiten umgerechnet werden: Kilometer in Meter, Stunden in Minuten und Sekunden, Kilogramm in Gramm. Er zerbrach sich den Kopf, konnte sich aber einfach nicht mehr daran erinnern, wie das bewerkstelligt werden musste. ‚Ach, ich lass diese Aufgabe ganz einfach. So einen Quatsch brauche ich nie im Leben', dachte er sich und sprang zur nächsten Aufgabe.

Sebastian überflog das Blatt und blieb an einer Textaufgabe hängen. Er las sie dreimal durch und verstand trotz allem nicht, was hier gerechnet werden sollte: Eine Klasse wollte ins Schullandheim fahren. Jeder der 28 Schüler musste 90 Euro bezahlen. Für Essen und Unterkunft, für Bettwäsche und Ausflüge. Anhand des Gesamtpreises sollte der Preis für die Bahnfahrt errechnet werden. „So ein Schwachsinn!", fluchte Sebastian leise vor sich hin und dachte, ‚wenn ich wissen will, was eine Bahnfahrt kostet, gucke ich im Internet nach.'

„Noch fünf Minuten!", verkündete Frau Zieselwitz und Sebastian sah erschrocken auf sein Blatt, auf dem lediglich sein Name, die Klasse und das Datum standen. Er bekam plötzlich riesige Angst. Wenn er dieses Blatt abgibt, bekommt er eine glatte Sechs und bleibt unwiderruflich sitzen.

„Sophie, Lena-Marie und Moritz – sammelt bitte die Arbeitsblätter ein!"

Die genannten Schüler erhoben sich von ihren Plätzen und schritten die Bankreihen ab.

„Du hast aber viel gerechnet!", lästerte Sophie, als sie sich Sebastians leeres Blatt geben ließ.
„Das geht dich überhaupt nichts an!", fuhr er sie grob an.
„Das ist keine Leistungskontrolle, sondern eine Leidenskontrolle", erwiderte sie mit einem geschickten Wortspiel.
„Lass mich in Ruhe, du blöde Gans!"
Sie drehte sich beleidigt um und streckte ihre Zunge heraus.
In diesem Moment schrillte die Schulglocke zur ersten Hofpause.
Frau Zieselwitz legte die Arbeiten in eine blaue Mappe, steckte diese in ihre Tasche und sagte zu den Schülern: „So Kinder, beeilt euch, dass ihr an die frische Luft kommt!"
Obwohl Frau Zieselwitz am Abend abgespannt und müde war, verzog sie sich, zum Unmut ihres Mannes ins Arbeitszimmer, um die Klassenarbeiten zu kontrollieren. Sie hatte es den Schülern versprochen, die natürlich alle zum Platzen neugierig auf das Ergebnis warteten.
Frau Zieselwitz legte ihre Tasche auf den Schoß, drückte die beiden Schnallen auf und holte mehrere Mappen hervor, nach Klassen sortiert. Auf der blauen Mappe stand 4a. Als Frau Zieselwitz sie in die Hand nahm, durchfuhr sie ein fürchterlicher Schreck! Die Mappe war verdächtig leicht. Sie war leer.
‚Mein Gott, wo sind die Arbeiten hin?', rätselte sie erschrocken. Sie wusste genau, dass sie diese nach dem Einsammeln in die blaue Mappe gelegt hatte. Das ging doch nicht mit rechten Dingen zu. Der Lehrerin ließ das keine Ruhe. Sie zog ihre leichte Sommerjacke an und fuhr mit dem Auto zur Schule.

„Was wollen Sie denn um diese Zeit noch in der Schule?", brummte der Hausmeister verärgert, da er sich gerade im Fernsehen einen spannenden Krimi ansah.
„Herr Liebig, es tut mir ja furchtbar leid, wenn ich Sie um Ihren wohlverdienten Feierabend bringe. Aber ich habe ein ernstes Problem", entschuldigte sich Frau Zieselwitz.
„Ein Problem?" Herr Liebig kratzte sich verlegen am Hinterkopf. Ihm tat bereits seine schroffe Art gegenüber der Lehrerin leid. Aber Frau Zieselwitz nahm ihm das überhaupt nicht übel. Herr Liebig war von allen Hausmeistern, die sie bis jetzt in der Schule hatten, der netteste und hilfsbereiteste.
„Ja, Herr Liebig. Mir ist ein großes Malheur passiert. Stellen Sie sich vor, die 4a schreibt heute eine große Abschlussarbeit, in der es für einige Schüler um sehr viel geht, und jetzt sitze ich zu Hause, will die Arbeiten korrigieren, und sie sind weg."
Der Hausmeister sah verdutzt und etwas ungläubig auf die Lehrerin. „Weg, sagen Sie?"
„Ja, einfach weg!"
„Und ... was wollen Sie da jetzt unternehmen?"
„Ich muss sie suchen. Entweder habe ich die Arbeiten im Klassenzimmer der 4a vergessen oder sie liegen irgendwo im Lehrerzimmer."
„Na, das lässt sich ja leicht herausfinden!", sagte Herr Liebig erfreut, weil er hoffte, schnell wieder vor seinem geliebten Fernsehapparat sitzen zu können. Er griff sich den fetten Schlüsselbund mit allen Schlüsseln der Schule.
Enttäuscht kam Frau Zieselwitz aus dem Klassenzimmer zu-

rück. „Hier habe ich die Arbeiten jedenfalls nicht vergessen", sagte sie bedauernd.
„Dann können sie nur noch im Lehrerzimmer sein!", antwortete Herr Liebig und marschierte mit großen Schritten voran.
Die vier Tische, an denen die Lehrer ihre Freistunden verbrachten oder ihr Frühstück einnahmen, empfingen Frau Zieselwitz mit gähnender Leere. Sie wusste sofort, auch hier würde sie die Arbeiten nicht finden. Trotzdem schaute sie mit einem letzten Fünkchen Hoffnung in ihr Lehrerfach. Vielleicht hatte ja ein Kollege die Blätter gefunden und hineingelegt.
Das Fach war leer. Für einen kurzen Moment wurde ihr schwindlig. So etwas war ihr in all den vielen Jahren als Lehrerin noch nie passiert. Peinlich! Das war ihr äußerst peinlich! Sie sah bereits in Gedanken die erwartungsfrohen Augen der Schüler. Wie soll sie ihnen das nur erklären?
„So ein Papierstapel kann doch nicht von selbst verschwinden", wunderte sich auch Herr Liebig. Ihm tat Frau Zieselwitz leid, die ein Gesicht wie sieben Tage Regenwetter machte.
„Wie Sie sehen, offensichtlich doch."
„Da hat sich doch sicher einer Ihrer Schüler einen bösen Streich erlaubt!"
„Möglich. Kann schon sein. Aber wer?"
„Das müssen Sie herausfinden!"
Frau Zieselwitz lag an diesem Abend noch lange wach und dachte über die Worte des Hausmeisters nach. So abwegig war das gar nicht. Aber wie sollte es einem Schüler gelungen sein, an die blaue Mappe in ihrer Tasche zu kommen. Unmöglich! Sie hatte sie ja ständig bei sich.

Nein, nicht immer! Während der Hofpause ließ sie ihre Tasche im Klassenzimmer zurück, welches sie aber gewissenhaft abschloss. Die Anweisung, die Klassenzimmer während der großen Hofpause abzuschließen, hatte die Schulleiterin Frau Zorn erst vor zwei Jahren erteilt, weil es offensichtlich Schüler gab, die nicht gerade Klassenarbeiten, aber Füller, Schreibblöcke, Filzstifte und Geld aus anderen Schulrucksäcken klauten. Seitdem hatte es keinen einzigen Fall von Diebstahl an der Schule gegeben.
Also schied auch diese Variante aus, dachte Frau Zieselwitz und wälzte sich unruhig in ihrem Bett. Sie kam einfach zu keinem Ergebnis, und solange sie von ihren Gedanken aufgerieben wurde, fand sie keinen Schlaf. Plötzlich schoss ihr ein anderer Gedanke durch den Kopf!
„Oh man, warum bin ich nicht gleich darauf gekommen?", fragte sie sich. Es konnte doch gut möglich sein – nein, es war überhaupt die einzige Möglichkeit, dass sich ein Schüler während der Hofpause unbemerkt im Zimmer hat einschließen lassen. Er hätte dann zwanzig Minuten Zeit gehabt, um in aller Ruhe die Klassenarbeiten aus ihrer Tasche herauszuholen und sich dann wieder zu verstecken.
Aber wer sollte der Übeltäter sein? Vielleicht Paul, der ja mächtig gegen die Vier ankämpfte und dem die Drei scheinbar nicht gelingen wollte. Für ihn stand viel auf dem Spiel, sogar, wie er es ihr vor der Stunde anvertraut hatte, ein echter Lederfußball von seinem Vater.
Aber genauso gut kamen die infrage, die auf das Gymnasium wollten. Eine schlechte Zensur hätte all ihre Träume wie

eine Seifenblase zerplatzen lassen. Auch das war ein Motiv. Plötzlich dachte sie an Sebastian, der schon so gut wie sitzen geblieben war. Nur eine Traumnote hätte ihn noch vor dem unausweichlichen Debakel retten können. Er galt als Hauptverdächtiger. Aber wie könnte man ihm diese Tat beweisen, wenn er sie denn begangen hatte, überlegte Frau Zieselwitz? Und plötzlich kam ihr eine geniale Idee. Gleich morgen früh wollte sie mit der Schulleiterin darüber sprechen. Zufrieden schlief Frau Zieselwitz endlich ein.

„Sie nehmen also an, ein Schüler ist für den Verlust verantwortlich?", fragte Frau Zorn und machte ein strenges Gesicht.

Frau Zieselwitz erläuterte der Schulleiterin ihre Vermutung.

„Sie mögen recht haben", stimmte sie der Lehrerin zu. „Wenn, dann kann es sich nur so zugetragen haben. Aber wie wollen Sie es dem Schüler oder der Schülerin nachweisen?"

„Auch darüber habe ich mir bereits Gedanken gemacht." Frau Zieselwitz erklärte einen geschickt ausgeklügelten Plan, der zur Entlarvung des Übeltäters führen sollte.

„Nicht schlecht", staunte Frau Zorn, „wirklich nicht schlecht. Sie hätten ja direkt bei der Kriminalpolizei anfangen können."

„Schön, dass Ihnen mein Vorschlag gefällt."

„Ihr Plan ist ausgezeichnet. Und halten Sie mich bitte auf dem Laufenden!"

„Das versteht sich doch von selbst!"

Erleichtert verließ Frau Zieselwitz das Büro der Schulleiterin. Kaum hatte sie die Tür zum Klassenzimmer der 4a geöffnet, da verkündete die Schulglocke den Beginn der nächsten Unterrichtsstunde. Die Kinder sahen erwartungsvoll auf ihre

Lehrerin. Frau Zieselwitz stellte sich neben den Lehrertisch und schaute mit ernster Miene auf die Schüler.
„Was ich euch jetzt zu sagen habe, fällt mir wirklich nicht leicht", begann sie. „Es geht um die letzte Mathearbeit."
Jeder wusste, was jetzt gleich kommen würde. Ein Raunen ging durch die Klasse. Ein Vielfaches „Oh" und „Ah" und „Ach" schwebte durch die Bankreihen, denn jeder vermutete, dass diese Einleitung nur bedeuten konnte, die Leistungskontrolle ist gründlich danebengegangen.
„Die gestrige Mathearbeit ist ... ist spurlos verschwunden!"
Die Schüler schauten ungläubig. Sollte das ein Scherz sein?
„Doch, liebe Kinder, und es ist mir wirklich sehr, sehr peinlich. Ich muss die Arbeiten irgendwo verlegt haben, kann mich aber beim besten Willen nicht mehr erinnern, wo. Vielleicht finde ich sie ja eines Tages wieder. Aber so lange können wir nicht warten, denn ich brauche unbedingt diese letzte Zensur. Nächste Woche beginnen die Ferien und bis dahin muss ich eine eindeutige Mathenote für jeden von euch vergeben. Es bleibt uns also nichts anderes übrig, als die gestrige Arbeit heute zu wiederholen."
Ein Murren ging durch die Klasse. Die Arbeit wiederholen? Darauf war ja nun wirklich keiner scharf. Aber Frau Zieselwitz war eine ausgezeichnete Pädagogin, die wusste, wie sie es ihren Schülern schmackhaft machen konnte.
„Ich werde natürlich nur die Arbeiten berücksichtigen, die für keinen eine schlechtere Zensur nach sich ziehen würde. Niemand soll durch mein Verschulden benachteiligt werden."
Die Schüler waren einverstanden und Frau Zieselwitz teilte

noch einmal die gleichen Arbeitsblätter aus. Alles lief wie geschmiert. Ihr Plan schien aufzugehen.
Diesmal war es Frau Zieselwitz, die besonders neugierig auf das Ergebnis war. Sie setzte sich sofort nach Schulschluss in ihr Arbeitszimmer und prüfte die Arbeiten. Paul hatte ein paar kleine Faselfehler, aber am Ende reichte die Punktzahl für eine Zwei. Den Lederfußball hatte er sich wirklich verdient, dachte Frau Zieselwitz und freute sich schon auf sein Gesicht. Sophie fehlte ein einziger Punkt. Aber Frau Zieselwitz gab ihr trotzdem ein Eins. Moritz hatte nicht so gut abgeschnitten. Mit Ach und Krach eine Drei.
Lena-Marie und Anton waren die Rechenmeister der Klasse. Wie es Frau Zieselwitz erwartet hatte, waren alle ihre Aufgaben richtig gelöst. Plötzlich hielt sie Sebastians Blatt in den Händen und Frau Zieselwitz traute ihren Augen kaum. Sebastian hatte alle Aufgaben korrekt gerechnet. Ein Wunder oder war er der Übeltäter? Morgen würde sie es ganz genau wissen, denn nun trat ihr Plan in die zweite Stufe.
Wieder standen die Schüler der 4a erwartungsvoll vor Frau Zieselwitz. Die Lehrerin ließ ihren geübten Blick durch die Klasse gleiten. Sieh an, selbst Sebastian schaute neugierig nach vorn, als könne er kaum das Ergebnis erwarten.
„Liebe Kinder", begann Frau Zieselwitz, und versuchte sehr bedrückt zu wirken, „ich weiß gar nicht, wie ich es euch erklären soll. Ich glaube, an unserer Schule spukt es. Man findet einfach keine Erklärung für das, was hier vor sich geht."
Die Mädchen und Jungen sahen irritiert zu ihrer Lehrerin. Nichts von dem, was sie eben gesagt hatte, hatten sie ver-

standen. Anton schien als Einzigem ein Lichtlein aufzugehen. Er hob zaghaft die Hand. Frau Zieselwitz, die aufmerksam die Reaktionen der Schüler prüfte, bemerkte es und fragte: „Ja, Anton, hast du vielleicht eine Erklärung?"
„Nein, habe ich nicht. Aber bedeutet das, dass unsere Arbeiten schon wieder verschwunden sind?"
„Korrekt. Vielleicht gibt es an unserer Schule ein Papiermonster, dem Mathearbeiten besonders gut schmecken."
Wieder ging ein mürrisches Raunen durch die Klasse. Frau Zieselwitz warf einen unauffälligen Blick auf Sebastian. Von allen Schülern schien er am betroffensten.
„Aber so schlimm ist das nun auch wieder nicht", sagte Frau Zieselwitz lächelnd, „wir werden die Arbeit eben ein drittes Mal schreiben."
Sebastian klappte der Unterkiefer weg.
„Übung macht den Meister", warf die Lehrerin gut gelaunt in die Klasse. „Und wie sagt man außerdem so schön? Aller guten Dinge sind drei."
Für Sebastian brach eine Welt zusammen. Starr und mit offenem Mund saß er da. Und wusste nicht mehr weiter. Die Enttäuschung war aus seinem Gesicht zu lesen wie aus einem aufgeschlagenen Buch.
„Allerdings", sagte Frau Zieselwitz weiter, „habe ich die Zahlen in den Aufgaben geändert, sodass ihr neu rechnen müsst. Wer von euch den Sinn der Aufgaben verstanden hat, für den ist es gar kein Problem."?
Anton meldete sich erneut.
„Was gibt's Anton?"

„Was passiert, wenn die Arbeiten erneut verschwinden?"
„Keine Sorge, das wird dieses mal nicht passieren. Ganz bestimmt nicht."
Frau Zieselwitz teilte die neuen Arbeitsblätter aus. Die Kinder überlegten und rechneten, tüftelten und schrieben. Nur einer starrte Löcher in die Luft. Sebastian. Genau, wie es Frau Zieselwitz vermutet hatte.
Als die Schulglocke läutete, wurden die Blätter eingesammelt und nach vorn gebracht.
„Ich möchte euch bitten, noch einen Moment zu warten! Ich habe euch gleich etwas sehr Interessantes mitzuteilen."
Die Schüler setzten sich verwundert auf ihre Plätze zurück. Frau Zieselwitz sah die Blätter durch. Endlich hatte sie gefunden, was sie suchte. Es war ein leeres Blatt, auf dem nur Sebastians Name stand. Frau Zieselwitz hielt das Blatt hoch, dass es jeder in der Klasse sehen konnte.
„Könnt ihr euch denken, wem diese Arbeit gehört?", fragte die Lehrerin in die Klasse.
„Sieht aus wie die vom Sebastian", rief Sophie.
„Gut erkannt", lobte Frau Zieselwitz, griff in ihre Tasche und zog ein anderes Blatt heraus, das sie ebenfalls hochhielt. „Und wem könnte diese Arbeit gehören?"
Die Klasse guckte verwundert.
„Könnt ihr euch vorstellen, dass es Sebastians Arbeit von gestern ist?"
Die Schüler schüttelten die Köpfe.
„Es ist aber Sebastians Arbeit. Gestern hat er alle Aufgaben richtig gelöst. Und heute, die gleichen Aufgaben, nur mit an-

deren Zahlen, und er kann plötzlich nicht mehr rechnen. Findet ihr das nicht merkwürdig?"

Die Schüler waren sprachlos.

„Ich glaube, Sebastian sollte mal etwas dazu sagen!"

Der Ertappte hätte sich am liebsten in ein Erdloch verkrochen.

„Sebastian, würdest du bitte aufstehen!"

Nur zögernd erhob sich der Übeltäter.

„Nun", sagte Frau Zieselwitz, „hast du uns etwas zu sagen?"

„Ich ... ich ... war das ..."

„Was? ... Was warst du?"

„Das ... das mit den ... mit den verschwundenen Arbeiten."

Ein Raunen ging durch die Klasse. Plötzlich begriff auch noch der Letzte, was das bedeutete. Nicht ihre Lehrerin war schuld daran, dass man dreimal die gleiche Arbeit schreiben musste, sondern ...

„Ruhe bitte! Seid mal bitte ruhig!", rief Frau Zieselwitz. „Es ist für Sebastian schon Strafe genug, hier vor der Klasse als Dieb dastehen zu müssen. Trotzdem können wir für seine Tat kein Verständnis aufbringen. Diebstahl, und etwas anderes war es nicht, zielt immer auf eine persönliche Bereicherung. Sebastian wollte sich eine bessere Zensur ergaunern. Und er hat sich damit mehr geschadet als genützt."

Frau Zieselwitz machte eine kleine Pause und richtete sich dann direkt an den Schüler. „Sebastian, ich kann nur hoffen, dass du etwas aus deinem Fehlverhalten lernen wirst. Denn Stehlen ist die schlechteste Art, um etwas zu erreichen. Mit Stehlen kannst du nichts gewinnen, nur etwas verlieren, und das wäre dein guter Ruf. Wer soll dir jetzt noch vertrauen?"

Achter Fall

Rettung in letzter Sekunde

Kurz vor Benjamins neuntem Geburtstag, also vor etwas über einem Jahr, besuchte er mit seinen Eltern einen alten Schulfreund des Vaters. Herr Konrad, so hieß der gute Mann, bewirtschaftete einen Bauernhof. Sie kamen mit dem neuen Auto auf den Hof gefahren, wobei ihnen etwas grüner Kuhquark an die Kotflügel spritzte. Herr Konrad, der in Gummistiefeln und in einem blauen Arbeitsanzug steckte und auf dem Kopf eine verwaschene Schildmütze trug, erwartete bereits ungeduldig seine Besucher.

Die nächsten Stunden versprachen für Benjamin ziemlich langweilig zu werden. Sie saßen an der Kaffeetafel, und während die Erwachsenen genussvoll ihre bittere Kaffeebrühe schlürften, gab es für Benjamin Kakao. Frau Konrad hatte Erdbeertorte gebacken. Die schmeckte voll lecker.

Nachdem Benjamin das dritte Stück mit reichlich Schlagsahne weggeputzt hatte, war er satt und fragte, ob er sich den Hof anschauen dürfe. Herr Konrad hatte natürlich nichts dagegen. Nur seine Eltern haderten, wegen des vielen Schmutzes, den es überall gab. Benjamin versprach, sich in Acht zu nehmen.

Zuerst warf Benjamin einen Blick in den Kuhstall, wo ihn zwanzig Milchkühe mit neugierigen Augen anglotzten, als wäre er ein Marsmensch. Dann ging er in den Schweinestall. Als die sechs Schweine seine Schritte hörten, quiekten

sie aufgeregt in Erwartung einer nahenden Fütterung und schubsten sich gegenseitig vom Fresstrog fort.
Als Benjamin durch ein offenstehendes Tor schlüpfte und in den Heuschober kam, blieb er wie angewurzelt stehen. An der Seite befand sich ein Hundezwinger, in dem eine Colliehündin auf der Seite lag und fünf oder sechs Welpen an ihr säugten. Genau konnte er es nicht erkennen, weil die kleinen, hilflosen Wesen sich unentwegt an der Futterquelle drängten und wild übereinander krabbelten.
Benjamin war derart fasziniert, dass er sich neben den Zwinger kauerte und der Hundemama bei der Nachwuchsarbeit zusah. Darüber verstrich unmerklich die Zeit. Seine Eltern suchten ihn bereits.
„Hier steckst du also."
„Schaut mal, sind die nicht voll niedlich!", schwärmte Benjamin mit glänzenden Augen.
„Ach, Gott sind die süß", seufzte auch die Mutter angetan.
„Ich möchte gern einen haben! Bitte, bitte!"
„Aber Benjamin, wie stellst du dir das vor? Wer soll sich denn um den Hund kümmern?"
„Ich ... ich werde mich um ihn kümmern. Ehrenwort!"
„Außerdem bist du Asthmatiker."
„Aber er hat doch keine Hundehaarallergie", entgegnete sein Vater. „Und vielleicht ist das gar nicht so schlecht", meinte er nachdenklich. „So lernt der Junge Verantwortung zu übernehmen."
„Oh, klasse Papa! Du bist der Größte!", rief Benjamin freudig überrascht und fiel seinem Vater um den Hals.

„Oh je", seufzte die Mutter, „und an mir bleibt wieder alles hängen."
„Überhaupt nicht, Mama", versicherte Benjamin, „Baska gehört mir, und ich allein werde für sie sorgen."
„Oh, schau an! Du hast ja sogar schon einen Namen für deinen Hund."
„Ist mir eben eingefallen."
„Ein paar Wochen müssen die Welpen aber noch bei ihrer Mutter bleiben", sagte Herr Konrad. „Aber wenn du möchtest und es dir deine Eltern erlauben, dann such dir schon mal einen aus!"
Benjamin wohnte mit seinen Eltern auf dem Blumenberg, im Nelkenweg. Sie hatten um ihr Haus einen schönen großen Garten. Auslauf gab es also für den Hund mehr als genug. Nicht weit entfernt wohnten Trixi und Anton. Die würden Augen machen, war sich Benjamin sicher.
Seitdem ist fast ein Jahr vergangen und Hundedame Baska hat sich prächtig entwickelt. Und Benjamin hat Wort gehalten. Einmal hat er sogar die halbe Nacht an Baskas Nachtlager Krankenwache gehalten, weil die Hündin an einer Infektion kränkelte. Stundenlang saß der Junge bei seiner Hündin und kraulte ihr Kopf und Hals. Baska wusste Benjamins Beistand zu schätzen und ihr ganzes Wesen war erfüllt von Dankbarkeit. Zwischen dem Jungen und seiner Colliehündin entstand ein unzertrennliches Band.
Endlich war nun der lang ersehnte erste Ferientag angebrochen. Die morgendlichen Sonnenstrahlen fanden einen Weg durch das dichte Blätterkleid des Apfelbaums, der vor Ben-

jamins Fenster stand, und kitzelten den Jungen an der Nase. Das letzte Schuljahr war richtig toll. Erst hatte er Baska bekommen, seine Oma hatte ihm ein Mountainbike geschenkt, auch wenn dieses kurzzeitig geklaut worden war, und mit seinem Zeugnis war der Junge mehr als zufrieden. So könnte das Leben weitergehen.

„Benjamin, du kannst doch heute ausschlafen!", wunderte sich seine Mutter, als ihr Sohn plötzlich im Schlafanzug in der Küche stand.

„Ich konnte nicht mehr schlafen."

„Na, dann setz dich zu mir!"

Benjamin setzte sich an den großen Küchentisch und frühstückte mit seiner Mutter. Auf dem Küchenschrank dudelte das Radio Schlagermelodien.

„Was hast du heute vor?"

„Lena-Marie kommt nachher zu mir. Wir wollen mit Baska im Garten spielen."

Auf seine Schulfreundin, die ihn nachmittags oft besuchte, war Baska anfangs eifersüchtig, und sie versuchte das Mädchen an den Beinen wegzustoßen. Aber sie hatte sich bald an Lena-Marie gewöhnt und spielte und tobte auch mit ihr sehr gern.

Plötzlich wurde das Lied im Radio unterbrochen und die ernste Stimme des Moderators meldete sich: „Sehr verehrte Zuhörerinnen und Zuhörer, leider müssen wir Ihr beliebtes Morgenprogramm für eine wichtige Durchsage der Polizei unterbrechen. Aus der Justizvollzugsanstalt Untermöselbach gelang einem Gewaltverbrecher letzte Nacht die Flucht. Der

Strafgefangene ist ein Meter neunzig groß, hat einen kahl geschorenen Kopf und auffallend schlechte Zähne. Der Täter ist gefährlich und möglicherweise bewaffnet. Vermutlich hält er sich noch in der Region auf. Sachdienliche Hinweise nimmt jede Polizeidienststelle entgegen."

„Mama, was macht eigentlich so ein Gewaltverbrecher?", fragte Benjamin und biss in seinen Toast.

„Schlimme Sachen, ganz schlimme Sachen."

„Tut er Menschen weh?"

„Ja, zum Beispiel."

„Auch Kindern?"

„Wahrscheinlich."

„Vielleicht kommt der in unserer Siedlung vorbei."

„Benjamin! So was darfst du nicht einmal denken!"

„Warum?"

„Man weiß nie, wie solche Menschen ticken. Am besten, du spielst mit Lena-Marie in deinem Zimmer."

„Aber Mutti, an einem so schönen Tag will ich nicht in meinem Zimmer sitzen. Außerdem haben wir doch Baska dabei. Die wird schon aufpassen, dass uns nichts passiert."

„Benjamin, sei bitte vorsichtig! Das ist wirklich kein Spaß."

„Ja, Mama. Du brauchst dir keine Sorgen zu machen. Ich bin doch kein kleiner Junge mehr."

Mit einem unguten Gefühl fuhr Benjamins Mutter zur Arbeit. Nun war der Junge allein. Zu seiner Oma konnte er nicht fahren. Sie lebte in Berlin und hatte nur eine kleine Wohnung. Nie wäre Benjamin ohne Baska weggefahren. Oma selbst konnte zurzeit nicht kommen, so sehr sich das auch

Benjamins Eltern gewünscht hätten. Sie war eine bekannte Filmschauspielerin und drehte einen Film nach dem anderen.

Benjamin ging nach dem Frühstück auf sein Zimmer und kleidete sich an. Als er das T-Shirt über den Kopf streifte, fiel sein Blick auf den Wecker. „Noch nicht einmal acht Uhr", stöhnte er. Eine Stunde warten, eine Stunde langweilen. Aber wieso langweilen? Ich werde ein wenig mit Baska im Garten herumtollen, entschloss er sich und stürmte bereits die Treppe ins Erdgeschoss hinunter.

Baska bewohnte einen schönen geräumigen Hundezwinger, den Benjamin und sein Vater gebaut hatten. Er befand sich hinter dem Haus, an einer windgeschützten Stelle. Baska blieb den größten Teil des Jahres im Zwinger. Dort hatte sie eine schöne Hütte und die Zwingertür stand immer offen, sodass sie jederzeit in den Garten konnte. Im Winter, wenn Väterchen Frost den Menschen rote Nasen anmalte, durfte Baska in ihr Winterquartier, den Heizungskeller.

Als die Hündin Benjamin kommen sah, verließ sie sofort ihre Hütte und kam ihm schwanzwedelnd entgegen. Sie richtete sich an ihrem Herrchen auf, legte ihre Vorderpfoten auf Benjamins Schulter und gab ihm einen Guten-Morgen-Kuss, indem sie mit ihrer feuchten Zunge Benjamins Nase abschleckerte.

„Pfui, Baska!", rief Benjamin. „Du weißt genau, dass ich das nicht mag."

Er drückte Baska weg, um sich mit dem Arm übers nasse Gesicht zu wischen. Baska rannte ausgelassen über den kurz geschnittenen Rasen und scherte sich überhaupt nicht um Benjamins Unmut. Für sie war es ein herrlich erfülltes Hundeleben, in dem es keinen Platz für Sorgen gab, was sich aber bald schon ändern sollte.

Benjamin bemerkte gar nicht, abgelenkt durch das Herumtollen mit Baska, wie die Zeit verstrich. Als er plötzlich an Lena-Marie dachte und dass sie ja bald kommen müsste, schaute er auf seine Uhr und rief erschrocken: „Es ist ja schon neun durch!" Er rannte zum Gartentor, trat auf die Straße hinaus und schaute in beide Richtungen. Das Mädchen war weit und breit nicht zu sehen.

Wo blieb sie denn nur? – Sie war doch sonst immer pünktlich.

Der Junge ging ins Haus zurück. Baska legte sich vor die Haustür und schaute ihm mit einem traurigen Blick hinterher. Sollte das schon alles gewesen sein?

Vielleicht ist sie krank geworden, überlegte Benjamin. Er griff zum Telefonhörer und wählte ihre Nummer. Niemand meldete sich. Merkwürdig, schoss es ihm durch den Kopf. Sie wird unterwegs sein, kam ihm ein anderer Gedanke. Er fasste den Entschluss, ihr mit Baska entgegenzugehen. Als Benjamin mit der Hundeleine aus der Haustür trat, sprang Baska freudig auf, weil sie wusste, dass jetzt ein Spaziergang auf dem Programm stand. Auch nicht schlecht!

Lena-Marie wohnte mit ihren Eltern in der Nähe vom Waldbad. Auch dort gab es eine kleine Siedlung, die kurz Waldsiedlung genannt wurde und an den Bühlerstädter Forst angrenzte. In einem der letzten Häuser, umgeben von hohen

Kiefern und Fichten, wohnte seine Schulfreundin, deshalb musste Benjamin mit seiner Hündin quer durch die ganze Stadt laufen.

Als der Junge die Waldsiedlung erreicht hatte, gab es für Benjamin nur noch eine logische Erklärung: Lena-Marie musste ihren Besuch schlichtweg vergessen haben. Na ja, dachte er sich, dann besuche ich sie eben. Endlich hatte er das Gartentor seiner Schulfreundin erreicht. Es stand offen, und das fand er doch recht merkwürdig. Ein seltsames Gefühl stieg in Benjamin auf. Er konnte nicht beschreiben, was genau es war. Eine Mischung aus böser Vorahnung und einer schrecklichen Angst. Etwas stimmte nicht. Das fühlte er immer stärker. Und sein Gefühl sagte ihm, dass es etwas mit Lena-Marie zu tun hat.

Benjamin klingelte. Nichts rührte sich. Keiner zu Hause. Logisch – sonst wäre ja auch jemand ans Telefon gegangen. Ihre Eltern waren auf Arbeit. Geschwister hatte Lena-Marie keine. Der Junge betrat das Grundstück und ging vorsichtig bis zum Haus. Die Haustür war verschlossen. Benjamin hielt sich rechts, um eine Runde ums Haus zu drehen.

Als er auf die Rückseite des Hauses kam, wo es einen Carport und einen Schuppen für die Fahrräder und Gartengeräte gab, blieb Benjamin wie versteinert stehen. Er würgte an einem dicken Kloß, der ihm plötzlich im Hals steckte, und blickte ängstlich um sich. Vor seinen Füßen lag, wie achtlos weggeworfen, Lena-Maries Fahrrad. Sie muss also auf dem Weg zu ihm gewesen sein, als sie irgendetwas daran gehindert hatte. Aber was?

Verzweifelt und ratlos sah er zu Baska. Auch die Colliehündin schien zu spüren, dass hier etwas faul war. Sie zog den Schwanz ein und sah den Jungen aus kleinen traurigen Augen an. Er kauerte sich zu ihr herunter und drückte sie ganz fest an sich.

Plötzlich fiel ihm auf, dass in der Nähe des Rades das Gras niedergetrampelt war, als hätte hier vor Kurzem ein Kampf stattgefunden. Benjamin folgte den Spuren zu einer jungen Tanne, an deren Zweigen ein Tuch hing. Er erkannte es sofort, hatte er es doch seiner Freundin zum zehnten Geburtstag geschenkt.

„Baska, was machen wir jetzt nur?", fragte Benjamin seine Hündin, die ihn treuherzig ansah. „Wir brauchen Verstärkung."

Zum Glück hatte er sein Handy mitgenommen. Seine Mutter wollte, dass er immer erreichbar war beziehungsweise, dass er sie anrufen konnte, falls er in Schwierigkeiten stecken sollte. Natürlich dachte Benjamin nicht an seine Mutter, als er eine Nummer wählte. Er rief Anton an. Und der Junge hatte Glück, Anton war zu Hause. Schnell war die Situation erklärt und sein Schulfreund und Hobbykommissar versprach, sich sofort auf den Weg zu machen.

Keine zehn Minuten später kam Anton mit seiner Schwester Trixi in die Waldsiedlung gebrettert. Am offenen Gartentor wurden sie bereits sehnsüchtig von Benjamin und Baska empfangen.

„Es muss etwas ganz Schlimmes passiert sein", platzte es aus Benjamin, und er erzählte von der morgendlichen Meldung aus dem Radio.

„Hab ich auch gehört", erwiderte Anton. „Aber wir dürfen keine voreiligen Schlüsse ziehen! Zunächst möchte ich mir den Tatort ansehen."

Benjamin führte seine Verstärkung zu dem achtlos liegen gelassenen Fahrrad, zeigte die Spuren im Gras und das an dem Tannenzweig hängende Tuch.

„Gut, dass du nichts verändert hast", lobte Anton. „So, wie ich die Sache einschätze, ist Lena-Marie überrascht worden. Deshalb das hingeworfene Fahrrad. Der Täter muss sie dann hier auf der Wiese eingeholt und überwältigt haben. Lena-Marie muss sich gewehrt haben, deshalb hat sie das Halstuch verloren."

„Vielleicht hat sie es auch mit Absicht zurückgelassen", warf Trixi ein.

„Ein guter Gedanke", sagte Anton anerkennend. „Genau, ich hab's. Lena-Marie hat das ganz geschickt gemacht. Durch ihren Geruch am Tuch soll Baska sie finden."

„So etwas hat sie aber noch nie gemacht. Sie weiß doch gar nicht, wie das geht", zweifelte Benjamin.

„Egal. Wir müssen es versuchen. Hunde haben eine ausgesprochen gute Nase. Und Lena-Maries Geruch ist ihr vertraut. Für Baska wird es ein Kinderspiel sein."

Benjamin zog das Tuch von der Tanne und hielt es Baska vor die Nase. Die Hündin schnupperte daran und bellte kurz.

„Sie hat verstanden", stellte Anton zufrieden fest.

„Baska, nun such!"

Die Hündin hatte zwar den Geruch des Mädchens erkannt, wusste aber nicht, was von ihr erwartet wurde. Benjamin kniete sich auf alle viere und zeigte seiner Colliehündin, wie es gemacht werden musste. Er schnupperte am Tuch und steckte dann seine Nase ins Gras. Baska machte es ihm nach. Und irgendwie stieß sie dabei auf Lena-Maries Spur.

Baska ging jetzt auf dem Boden schnüffelnd voran, erst über die Wiese bis zum offenen Gartentor und dann den Weg immer weiter in den dichten Wald hinein. Die drei Kinder folgten ihr. Sie kamen an Kiefernschonungen vorbei, eilten an einem wilden Bachlauf entlang und durchschritten einen Laubwald, bestehend aus hohen Rotbuchen, alten Eichen, Eschen und Ulmen. Über eine Stunde durchstreiften sie den Wald, drangen immer tiefer in den Bühlerstädter Forst.

Ohne Vorwarnung blieb Baska auf einmal stehen, richtete ihren Blick auf und legte sich flach auf den Boden, als wittere sie eine Gefahr. Benjamin, Anton und Trixi warfen sich ebenfalls auf den Boden. Vor ihnen tat sich eine Waldlichtung auf. Und mittendrin stand ein Blockhaus. Ob Lena-Marie dort gefangen gehalten wird? Plötzlich öffnete sich die schwere Holztür und ein großer Mann mit dunklen und zerschlissenen Sachen trat heraus. Sein kahler Schädel sah zum Fürchten aus. Unheimlich wirkte er. Das muss der Mann sein, der aus dem Gefängnis ausgebrochen ist, schoss es den Kindern durch den Kopf. Es gab keinen Zweifel.

Die drei hielten die Luft an. Ob er etwas bemerkt hat? Der unheimliche Mann kam ihnen ungefähr zehn Schritte entgegen, blieb aber plötzlich stehen, als hätte er es sich anders überlegt, und ging in die entgegengesetzte Richtung davon, bis er im dichten Laubwald verschwunden war.

„Wir müssen uns jetzt beeilen!", sagte Anton. „Trixi, du bleibst hier. Im Notfall musst du Hilfe holen!"
„Hier, nimm mein Handy!", sagte Benjamin und gab es Trixi. „Ruf die Polizei, falls was schiefgeht!"
Dann sprangen er und Anton auf und rannten zum Blockhaus. Sie wussten, ohne sich abgesprochen zu haben, dass ihnen nicht viel Zeit bleibt, denn der Mann konnte jeden Moment zurückkommen. Die Holztür war nicht abgeschlossen, in dem Türriegel steckte nur ein Keil. Vorsichtig zog ihn Anton heraus, schob den Eisenriegel zurück und drückte die Tür auf. Quietschend gab sie seinem Druck nach. Sie standen auf der Schwelle und starrten ängstlich in das Dunkel des Blockhauses. Da die Fensterläden verschlossen waren, konnte man kaum etwas erkennen. Plötzlich hörten sie gedämpfte Laute, als würde jemand versuchen, mit geschlossenem Mund zu rufen.
„Hmm ... hmm ... hmm ..."
„Lena-Marie, bist du das?", fragte Benjamin in die Dunkelheit.
„HMM ... HMM ... HMM ...", wurden die Rufe lauter.
Anton trat als Erster einen Schritt ins Blockhaus und stolperte, weil sich hinter der Schwelle ein kleiner, unscheinbarer Absatz befand. Vorsichtig tasteten sich die beiden Jungen ins Innere. Nach einer halben Minute hatten sich ihre Augen an den finsteren Raum gewöhnt und sie entdeckten das Mädchen. Sie lag auf einer alten Matratze, an Händen und Füßen gefesselt.
„Lena-Marie, du brauchst keine Angst zu haben! Wir holen dich hier raus", sagte Benjamin erleichtert.

„HMM ... HMM ... HMM ...", stöhnte das Mädchen, deren Mund mit Klebeband zugeklebt war.
„Wir müssen erst mal versuchen, einen Fensterladen aufzubekommen", sagte Anton.
Und während sich Benjamin um Lena-Marie kümmerte, tastete sich Anton vorsichtig bis zur rechten Wand, befühlte das raue Holz, fand endlich auch das Fenster und in der Mitte einen ovalen Knauf. Vorsichtig drehte er ihn nach rechts und öffnete die beiden kleinen Fensterflügel. Aber noch immer war es ziemlich finster in der Hütte. Anton suchte nun den Metallriegel des Fensterladens. Und dann war der Rest natürlich nur noch ein Klacks. Er drückte den Riegel auf und stieß den Fensterladen nach außen.
Endlich fiel ausreichend Licht hinein. In der Mitte sah er einen Holztisch, auf dem Essenreste, eine Petroleumlampe und eine aufgeschlagene Zeitung lagen. Um den Tisch standen drei Holzstühle. In der linken Ecke stand ein schwarzer und verrußter Kanonenofen, neben dem Holzscheite aufgestapelt waren. Hinter dem Tisch, in der Ecke gegenüber dem Ofen, lag eine weitere alte Matratze, auf der sich dunkle Wolldecken türmten – das Schlaflager des Mannes. An der Stirnseite daneben lag die gefesselte Lena-Marie.
„Wir müssen uns beeilen, Benjamin!"
„Ich weiß. Aber die Knoten sind verdammt fest. Guck mal, ob du ein Messer findest!" Inzwischen hatte er mit einem heftigen Ruck das Klebeband abgerissen.
„Aua", schrie Lena-Marie. „Das tat weh!"
„Ging nicht anders", entschuldigte sich Benjamin.

Inzwischen war Anton zielstrebig zu der kleinen Anrichte hinübergegangen, in der sich etwas Geschirr befand. Er zog einen Schubkasten auf und fand Besteck, darunter auch ein Gemüsemesser. Das müsste gehen.

„Wir müssen uns beeilen!", sagte Anton und durchtrennte die Fesseln. „Dieser Verbrecher kann jeden Moment zurückkommen."

„Hat er dir weh getan?", wollte Benjamin wissen.

„Nein, hat er nicht. Außer ... als er mich vom Rad stieß ... mein Knie."

Jetzt erst bemerkte Benjamin die Schürfwunde an ihrem rechten Knie.

„Tut es noch weh?", fragte er besorgt.

„Halb so schlimm. Hauptsache, ich komme hier bald raus."

Gerade als die drei die Hütte verlassen wollten, stand plötzlich ein dunkler Schatten in der offenen Tür. Wie versteinert, nicht einmal fähig einen Schrei auszustoßen, standen die Kinder neben dem Tisch. Benjamin spürte Lena-Maries Hand, die sich ängstlich an ihn klammerte. Und auch Anton wusste: Jetzt ist alles zu spät, jetzt ist alles verloren!

„Na, wen haben wir denn da?", grunzte der entflohene Häftling und lachte hämisch. „Noch zwei Kinder, auch nicht schlecht. Da kann ich ja mein Lösegeld verdreifachen."

„Sie werden nur eins tun, uns gehen lassen!", sagte Anton mit fester und entschlossener Stimme. Er hoffte, dass Trixi längst einen Notruf abgesetzt hatte.

„Ha, sieh dir diesen Knirps an!", lachte der grässliche Kerl und zeigte seine schwarzen Zahnstumpen. „Das könnte euch

so passen. Ihr seid meine Lebensversicherung und deshalb muss ich euch leider wieder fesseln."
Er kam zwei Schritte näher. Lena-Marie versteckte sich hinter Anton und krallte sich an seinen Armen fest. Benjamin schob sich mutig vor die beiden. Schon stand der entflohene Häftling vor dem Jungen, packte ihn kräftig an den Handgelenken, während er mit der freien Hand Anton zur Seite schleuderte. Baska, die bisher still neben dem Eingang gelegen hatte, witterte die Gefahr, in der sich die Kinder befanden. Lena-Marie schrie aus Leibeskräften um Hilfe. Wütend versetzte ihr der Mann einen derben Fausthieb. Lena-Marie fiel aufs Bett zurück und presste beide Hände auf ihr blutendes Gesicht.
Inzwischen war Baska aufgesprungen und hatte den Gauner in die linke Wade gebissen. Der Mann schrie kurz auf, schien aber Schmerzen gewöhnt zu sein und konnte ein blitzendes Messer aus der Seitentasche seiner Hose ziehen. Mit einem wuchtigen Hieb stieß er die blitzende Klinge Baska in die Flanke und verletzte sie schwer. Die Hündin ließ sofort ab und schleppte sich blutend zum Ausgang. Vor der Hütte brach sie winselnd zusammen.
Plötzlich krachte ein lauter Schuss durch den Wald. Was war das? Die Polizei, dachte Anton im ersten Augenblick. Wir sind gerettet, schoss es Lena-Marie durch den Kopf.
Der Verbrecher, der mindestens genauso über den Schuss erschrocken war, drehte sich um und hob plötzlich beide Hände über den Kopf. An der Tür stand ein Förster mit einem geladenen Jagdgewehr.

„Kommen Sie langsam heraus und versuchen Sie keine faulen Tricks!", warnte er den Gauner.

Der Mann verließ die Hütte, musste dabei über den verletzten Hund steigen. Benjamin stürzte sofort zu seiner Hündin und tätschelte ihren Kopf.

„Du darfst nicht sterben! Baska, bitte – du darfst nicht sterben!" Die Hündin hob den Kopf, als hätte sie verstanden.

„Kinder, ich brauche eure Hilfe!", rief der Förster.

Benjamin blickte kurz hoch, widmete sich aber sogleich wieder seinem verletzten Hund. Er zog sein T-Shirt aus und drückte es ganz fest auf die Wunde seiner Hündin, um endlich die Blutungen zu stoppen.

Anton und Lena-Marie waren den Hilferufen des Försters gefolgt. Draußen, etwas abseits, wartete Trixi. Man konnte ihr die Angst ansehen.

„Hier, nehmt das Seil und fesselt ihn an den Baum!", bat er Anton und Lena-Marie. „Die Polizei wird gleich hier sein."

„Aber wenn er ..."

„Er wird euch nichts tun. Die kleinste Bewegung und ich schieße!"

„Sei dir nicht so sicher", drohte der unheimliche Mann. „Ich bin schnell."

„Ich auch", erwiderte der Förster, „und das hier ist ein Präzisionsgewehr. Damit erlege ich auf fünfhundert Meter eine Fliege."

Das schien den Ganoven zu beeindrucken und bereitwillig ließ er sich von den Kindern an den Stamm einer dicken Kiefer fesseln – richtig schön fest.

„Hätten Sie wirklich geschossen?", fragte Anton anschließend.
„Klar doch, wenn ich noch eine Patrone gehabt hätte", lachte der Förster. „Hab nämlich meine Munition vergessen." Als der überrumpelte Gauner das hörte, guckte er ganz dumm aus der Wäsche. Und nun mussten auch die Kinder herzhaft lachen.
Nach ungefähr einer Viertelstunde, die den Kindern wie eine Ewigkeit erschien, kamen mindestens zwanzig oder gar dreißig schwer bewaffnete Polizisten angestürmt. Etwas übertrieben, wie Anton fand, wo sie ja zu dritt mit dem Kerl fertig geworden waren.
Als der Häftling in Handschellen abgeführt wurde, schaute der Förster nach der verletzten Hündin.
„Wir müssen deinen Hund sofort zum Tierarzt bringen!", riet der Förster dem heulenden Benjamin.
Der Förster zeigte den Kindern, wie man aus Ästen und einer alten Decke eine Krankentrage baute, auf der sie Baska vorsichtig legten und ein Stück durch den Wald trugen. Auf dem Besucherparkplatz am Waldrand hatte der Förster seinen Jeep abgestellt.
Der Tierarzt besah sich mit gerunzelter Stirn die Hündin. Die Wunde blutete noch immer und Baska war bereits durch den starken Blutverlust sehr geschwächt.
„Wir müssen deinen Hund sofort operieren", sagte der Arzt. „Aber so eine Operation ist nicht ganz billig."
„Bitte helfen Sie ihr! Sie bekommen mein ganzes Sparbuch", flehte Benjamin den Arzt an.

„Ein ganzes Sparbuch? Na, wenn das kein guter Deal ist."
Die Operation dauerte fast zwei Stunden. Ungeduldig saßen Lena-Marie, Benjamin, Anton und Trixi im Wartezimmer. Der Förster hatte ihnen viel Glück gewünscht und sich dann verabschiedet.
Mit hoffnungsvollen Gesichtern blickten die Kinder auf den Arzt, als er aus dem Behandlungszimmer heraustrat.
„Deine Hündin ist sehr willensstark", lobte der Arzt. „Sie hat alles gut überstanden. Sie ist noch schwach, aber ihr Zustand ist stabil. Wir müssen sie noch ein paar Tage hier behalten. Zur Beobachtung. Wenn ihr wollt, könnt ihr jetzt zu ihr."
Das ließen sich die Kinder nicht zweimal sagen.
Für die Aktion der Kinder, die ja letztendlich zur Ergreifung des Schwerverbrechers geführt hat, bekamen sie eine schöne Belohnung. Damit wurden die Kosten für die Operation mehr als abgedeckt.

Neunter Fall

Die beklauten Bankräuber

Kaum waren die ersten beiden Wochen der Sommerferien verstrichen, schon saßen Moritz und Paul gelangweilt auf der kniehohen Mauer in der Hofeinfahrt ihres Wohnhauses. Sie überlegten, was man unternehmen könnte. Mitten in ihr Gespräch platzte Anton mit seiner Schwester Trixi, die nicht in

den Hort gehen wollte, während ihr Bruder allein zu Hause bleiben durfte.

„Ich bin aber nur einverstanden“, hatte ihre Mutti erklärt, die ja den ganzen Tag in ihrer Drogerie arbeiten musste, „wenn Anton auf dich aufpasst.“ Und zu Anton sagte sie: „Ich verlass mich auf dich.“

„Keine Angst“, hatte Anton geantwortet, „ich gehe zu Moritz und Paul. Da sind wir drei große Jungs zum Aufpassen.“ Als er das sagte, konnte er noch nicht ahnen, was für ein aufregendes Abenteuer die Geschwister bald erwarten würde.

Es war ein außergewöhnlich heißer Sommer. Seit Wochen schon fiel kein einziger Tropfen Wasser vom Himmel. Es herrschten Temperaturen wie in Afrika – über dreißig Grad. Die Luft war heiß und trocken, die Wiesen verdorrt. Menschen schleppten sich zur Arbeit oder quälten sich bei ihren dringenden Einkäufen. Alte Leute blieben oft stehen und hechelten nach Luft. Auch die vier Kinder, die auf der Mauer saßen und nicht wussten, was sie mit dem Tag anstellen sollten, hielten sich im Schatten auf, in dem es einigermaßen erträglich war.

„Und wenn wir eine kleine Radtour machen?“, schlug Paul vor und dachte an sein neues Mountainbike.

„Bei dir piept's wohl, bei der Hitze!“, murrte Moritz.

„Wir könnten ja in den Tierpark gehen“, sagte Trixi.

„Da gibt's doch bloß Hirsche, Rehe und Enten“, stöhnte Paul.

„Und Wildschweine.“

„Trotzdem langweilig.“

„Aber ein Eis könnten wir uns holen“, sagte Anton und erhob

sich von der Mauer. „Eis essen wäre bei dieser Affenhitze genau das Richtige."
Bei dem Gedanken an leckeres Eis waren sich die vier Kinder sofort einig. Moritz und Paul kramten in ihren Hosentaschen nach etwas Kleingeld und brachten es gerade Mal auf eins fünfzig. Anton zauberte einen Fünf-Euro-Schein hervor, krallte sich die Münzen und sagte gönnerhaft: „Den Rest lege ich drauf."
„Wo hast du das Geld her?"
„Na, von der Belohnung – für den ausgebrochenen Häftling."
„250 Euro hat jeder von uns bekommen", fügte Trixi stolz hinzu.
„Och, ich möchte auch mal wieder eine Belohnung bekommen", maulte Paul, „für die Museumseinbrecher gab's nur ein Hunderter."
„Vielleicht fangen wir ja heute noch ein paar Verbrecher", sagte Anton. „Aber erst mal holen wir uns ein Eis!"
Und schon sausten die Kinder die Oststraße entlang, über den Marktplatz, an der Kirche vorbei. Hier gab es ein italienisches Eiscafé mit über dreißig Eissorten. Während Trixi Fruchteis bevorzugte und sich für Brombeere entschied, nahm Paul Vanille, Moritz eine Kugel Schoko und Anton Stracciatella.
Mit den Waffeltüten in den Händen schlenderten sie gemütlich zurück. Diese Aktion dauerte keine zwanzig Minuten und gleich würden sie wieder lustlos und unentschlossen auf ihrer Mauer hocken. Da hatte Paul eine Idee. „Was haltet ihr davon, wenn wir Mau-Mau spielen?"

„Hast du Karten?", wollte Anton wissen.
„In meinem Zimmer, ich hole sie runter."
„Ja, eine Superidee", freute sich Moritz.
Die Kinder kamen gerade an der Rathausgalerie vorbei, in der es neben Supermarkt, Apotheke, Drogerie auch eine Sparkasse gab, als Anton ein verdächtiges Fahrzeug auffiel.
„Schaut mal unauffällig zur Sparkasse!", forderte er seine Freunde auf und zischte sofort hinterher: „Unauffällig, habe ich gesagt!"
„Ich sehe nichts", brummte Moritz. Auch Paul zuckte mit den Schultern und machte ein Gesicht wie ein Fragezeichen.
„Na, der weiße Lieferwagen da drüben", flüsterte Anton.
„Und, was ist mit dem?"
„Fallen euch denn nicht diese verdächtigen Typen auf?"
„Anton, was ist denn mit denen?", meldete sich Trixi.
„Weiß noch nicht. Kommt! Wir müssen unauffällig weitergehen!"
Endlich erreichten sie die Hofeinfahrt, von wo aus sie das Geschehen, vorausgesetzt Anton hatte recht und es passierte wirklich etwas, gut verfolgen konnten. Erwartungsvoll starrten sie auf den weißen Kastenwagen. Das Mau-Mau-Spiel war inzwischen vergessen. Als nach ein paar Minuten noch immer nichts Aufregendes passiert war, knurrte Moritz gelangweilt: „Anton, willst du uns veralbern?"
„Genau", maulte auch Paul, „da ist ja gar nichts."
„Doch", stieß Trixi plötzlich einen leisen Schrei aus.
Drei der in schwarzen Overalls gekleideten Männer stiegen aus, wobei sie ruhig, aber entschlossen wirkten. Jeder von

ihnen trug eine große schlabbrige Tasche – eine leere Sporttasche, wie die Kinder erkennen konnten. Und während der Fahrer im Auto sitzen blieb, gingen die anderen mit festen Schritten in Richtung Sparkasse.

„Sind bestimmt Bankräuber", kicherte Paul, der das für einen guten Witz hielt und nicht ahnte, wie recht er damit hatte.

„Pst, nicht zu laut sprechen!", mahnte Anton.

„Denkst du, die können uns hören?", zweifelte Moritz.

„Weiß nicht, aber sicher ist sicher."

Kurz bevor die drei Ganoven die automatische Doppeltür erreicht hatten, streiften sie sich blitzschnell schwarze Masken über die Köpfe, zogen Pistolen aus den Jackentaschen und stürmten in die Sparkasse.

„Und, was machen wir jetzt?", fragte Paul erschrocken.

„Abhauen!", sagte Moritz ängstlich. „Wir können uns ja in meinem Zimmer verstecken."

„Quatsch, die überfallen die Sparkasse und nicht uns. Wir rufen jetzt die Polizei!"

Anton, der ein Handy dabei hatte, damit ihn seine Mutter erreichen konnte, wählte bereits die Notrufnummer. „Hallo", sagte er, als sich offensichtlich jemand am anderen Ende meldete. „Ich heiße Anton, bin zehn Jahre alt, aber fast schon elf und wollte einen Banküberfall melden ... Hallo, Hallo ..."

„Was ist, Anton?"

„Aufgelegt. Der hat einfach aufgelegt."

„Und was hat er gesagt?"

„Ob ich wegen der Ferien Langeweile hätte und mir die Hitze zu Kopf gestiegen wäre."

„Mist, dann müssen wir's allein machen", sagte Anton entschlossen.
„Was willst du allein machen?", meldete sich Trixi.
„Ich überlege ja noch. Schließlich können wir nicht zuschauen, wie die seelenruhig unsere Sparkasse ausrauben."
„Wir könnten doch", schlug Paul vor, „die Luft von den Reifen lassen."
„Viel zu gefährlich", gab Anton zu bedenken. „Würde auch zu lange dauern und könnte vom Fahrer bemerkt werden. Der braucht doch bloß in den Rückspiegel zu gucken."
„Dann habe ich genau das Richtige", prahlte Moritz mit seinem Vorschlag. „Wenn wir die Flucht der Bankräuber schon nicht verhindern können, dann müssen wir wenigstens wissen, wohin sie nach dem Überfall abhauen", sprach er in Rätseln.
„Willste mit dem Fahrrad hinterherfahren?"
„Quatsch! Die würden uns doch ruckzuck abhängen. Ich hab da eine bessere Idee." Und dann erklärte Moritz, was er im Schilde führte: Im letzten Jahr verbrachte er nämlich mit seinen Eltern und dem älteren Bruder Tom, der schon in die neunte Klasse geht und später mal Informatik studieren will, die Herbstferien in Thüringen. In einem relativ großen Waldgebiet waren sie auf Pilzsuche. Ihre Körbe füllten sich mit Rotkappen, Birkenpilzen, Maronen und Steinpilzen. Jeder hatte nur noch diesen Tunnelblick nach Pilzen. Irgendwann fiel den Eltern auf, dass Moritz verschwunden war. Der Junge war auf Knien durchs Unterholz gekrochen und hatte die prächtigsten Exemplare aufgestöbert. Dabei hatte er sich

so weit entfernt, dass er die Rufe seiner Eltern nicht mehr hören konnte. Während Mutter, Vater und Bruder Tom immer wieder seinen Namen riefen und ihn hinter jedem Baum suchten, war Moritz bereits dem Revierförster in die Arme gelaufen. Der wollte natürlich wissen, was er allein im Wald treiben würde, und Moritz erklärte es ihm. Da die Dämmerung langsam hereinbrach, brachte ihn der Förster in das Ferienquartier, wo seine Eltern in großer Sorge warteten, denn inzwischen hatten sie sogar die Polizei eingeschaltet. Aber die waren überhaupt nicht böse, sondern freuten sich, dass die Sache so glimpflich ausgegangen war.

„Das war das letzte Mal", hatte Moritz' Vater gewettert.

„Nun reg dich nicht so auf! Ist doch nichts passiert", versuchte ihn die Mutter zu beruhigen.

„Jedes mal dasselbe mit ihm", schimpfte der Vater indes weiter. „Mit drei Jahren haben wir ihn am Ostseestrand gesucht, als er fünf war, haben wir ihn in diesem Freizeitpark verloren ..."

„Wisst ihr was", mischte sich plötzlich Bruder Tom ein, „ich habe eine Lösung für dieses Dauerproblem. Gleich wenn wir nach Hause kommen, kümmere ich mich drum."

Tom war so ein richtiger Computerfreak und Bastler. In seinem Zimmer stank es oft nach Lötzinn, wenn er mit seinem Lötkolben zugange war und irgendwelche geheimnisvollen Geräte baute. Er bekam alle Freiheiten von seinen Eltern, wenn er endlich Herr über dieses Familienproblem werden würde. Tom besorgte über einen Elektronikfachhandel einen GPS-Tracker und die passende Software fürs Smartphone.

„Was ist denn das?", fragte Trixi.
„Ein winziges Gerät", erklärte ihr Bruder Anton, „das sendet GPS-Signale. Man kann alle möglichen Dinge damit orten, weiß also immer, wo sich etwas befindet."
„Genau", bestätigte Moritz. „Mein GPS-Tracker hat sogar einen Magnet, damit ich ihn ans Fahrrad machen kann."
„Na ja, und was willst du mit dem komischen Ding nun anstellen?", fragte Paul, der mal wieder nichts kapierte.
Moritz erklärte es kurz und rannte danach schnell die Treppen zur Wohnung hoch, um seinen Tracker zu holen. Als er zurückkam, fragte er: „Und wer befestigt ihn am Lieferwagen?"
„Ich nicht", sagte Trixi entschieden.
„Ich mach's", erklärte sich Paul bereit und Anton gab ihm den Tipp: „Du musst erst mal einen großen Bogen um das Gangsterauto schlagen und dich dann unauffällig von hinten anschleichen."
Die drei Kinder beobachteten, wie Paul zunächst in die entgegengesetzte Richtung ging, in Höhe des Dönerladens die Straße überquerte und sich dann von hinten an den Lieferwagen anpirschte, sozusagen im toten Winkel. Als Paul sein Ziel erreicht hatte, kniete er sich auf den Asphalt nieder und guckte unter die verrostete Stoßstange auf der Suche nach einer geeigneten Stelle für den GPS-Sender. Die fand er schnell, denn der Lieferwagen war ein älteres Modell mit einer aus Blech gestanzten Stoßstange. Diese bestand aus einem U-Profil und bot das ideale Versteck. Es dauerte nur

wenige Sekunden, da hatte Paul den Sender im Innenteil des Profils platziert.
Als seine mutige Aktion vollbracht war, wollte er in gebückter Haltung zurückgehen, wieder zunächst in die entgegengesetzte Richtung, um nicht vom Fahrer entdeckt zu werden. Doch der hatte im Moment andere Sorgen. Die drei Bankräuber kamen gerade aus der Sparkasse gerannt, als ihnen ein Mann, vielleicht der Filialleiter, folgte und reflexartig einen der Gangster am Ärmel packte. Bei der Aktion zog der mutige Mann den Kürzen. Während einer der Räuber die Beute im Auto verstaute, war der andere seinem Kompagnon zu Hilfe geeilt und hatte dem Mann einen mächtigen Fausthieb verpasst, dass dieser sofort losließ und zu Boden taumelte.
Abgelenkt durch diesen kleinen Zwischenfall fiel den Ganoven gar nicht der Junge auf, der sich noch keine zehn Meter vom Lieferwagen entfernt hatte. Paul blieb fast die Luft weg. Er konnte kaum weitergehen, als wären seine Beine plötzlich wie gelähmt. Dann hörte er quietschende Reifen, und als er sich langsam umdrehte, sah er, wie der Lieferwagen mit hoher Geschwindigkeit davonraste. Paul rannte über die Straße zu seinen Freunden.
„Puh", stöhnte er erleichtert, „das war verdammt knapp."
„Hast du gut gemacht", lobte ihn Anton.
„Du bist ja ein richtiger Held", staunte Trixi und Paul genoss diese Schmeicheleien.
Während Paul den GPS-Sender am Täterfahrzeug anbrachte,

hatte Moritz inzwischen die App auf seinem Smartphone gestartet. Dieses zeigte eine Straßenkarte wie von einem Stadtplan und einen roten Punkt, der sich ganz langsam bewegte. Moritz erklärte, dass das die Bankräuber wären.
„Die Straße führt ins alte Industriegebiet", stellte er fest. „War ja irgendwie logisch, dass die sich dort verstecken."
„Ich kenne mich dort ganz gut aus", berichtete Paul. „Meine Oma hat viele Jahre in der alten Baumwollspinnerei gearbeitet. Sie hat's mir mal gezeigt."
„Aber das ist doch verboten", meldete sich Anton.
„Pupsen ist auch verboten", sagte Moritz spöttisch und Trixi musste plötzlich kichern.
„Nein wirklich", beharrte Anton. „Die alten Gebäude sind baufällig und könnten einstürzen."
„Du kannst ja hierbleiben", erwiderte Paul und Moritz fragte ganz entsetzt: „Was hast du vor?"
„Die Verfolgung aufnehmen. Wenn wir uns beeilen, sind wir mit den Rädern in zehn Minuten dort. Ich kenne eine Abkürzung."
„Durch den Stadtwald?"
„Genau. Und nun los! Wir dürfen keine Zeit verlieren. Gibt bestimmt wieder eine Belohnung."
Die Kinder sprangen auf ihre Fahrräder und traten ordentlich in die Pedale. Keine zehn Minuten später, genau wie es Paul gesagt hatte, trafen sie an der Hinterseite der Baumwollspinnerei ein. Sie bestand aus mehreren Gebäuden, erbaut aus gelben Klinkersteinen. Die Fenster hatten kaum intakte Glasscheiben. Auf den kaputten Dächern wucherten Gras-

büschel. An einigen Stellen wuchsen aus den Dachrinnen, man konnte es kaum glauben, kleine Birkenbäumchen.
An einer halb offenen Stahltür hielten sie an und lehnten ihre Räder an die Wand. Anton sagte zu seiner Schwester: „Trixi, du bleibst hier und passt auf die Räder auf."
„Und was macht ihr?"
„Na, die Bankräuber suchen."
„Seid vorsichtig!"
„Klar, wir schleichen uns völlig lautlos an, wie Indianer."
Und schon waren sie in der halbdusteren Werkhalle verschwunden. Paul ging voran, zunächst eine halbe Treppe hoch zu einer ehemaligen großen Produktionshalle.
„Hier standen die Maschinen", erklärte Paul, der es von seiner Oma wusste.
„Und wohin müssen wir jetzt?", fragte Anton.
„Redet nicht so laut!", ermahnte Moritz die beiden und flüsterte: „Immerhin wissen wir nicht, wo die Bankräuber sind."
„Dort drüben – durch diese Tür müssen wir", sagte Paul. „Passt auf, wohin ihr tretet! Hier liegt viel Glas und Schrott, da kann man sich leicht verletzen ..."
„Aua!", stöhnte Anton plötzlich und fasste sich ans rechte Bein.
„Pst!", zischte Moritz. „Was ist denn los?"
„Hab mich irgendwo gestoßen."
Paul und Moritz blieben stehen und schauten sich Antons Bein an. Das blutete – sah dadurch wohl schlimmer aus als es war. Anton hatte sich an einem alten, verrosteten Moniereisen, das aus einem der Stützpfeiler herausragte, verletzt.

Paul gab ihm ein sauberes Taschentuch und drückte es sofort auf die Wunde. Zwei, drei Minuten warteten sie, bis Antons Wunde nicht mehr blutete.
„Können wir weitergehen?", fragte Moritz.
„Ja, geht schon."
Und noch aufmerksamer als zuvor, indem sie Schritt für Schritt die große Halle durchquerten, setzten sie ihren Weg fort. Endlich hatten sie die Tür erreicht und kamen in ein Treppenhaus, in dem es noch dunkler war. Moritz, der als Letzter ging, schaltete eine Lampe ein und leuchtete seinen beiden Freunden den Weg.
„Du hast eine Taschenlampe?", staunte Anton.
„Ist mein Fahrradscheinwerfer", nickte Moritz.
Sie stiegen die Stufen ein Stockwerk hoch, trafen dann auf einen langen Gang, der in ein Nebengebäude führte.
„Hier war die Verwaltung", erklärte Paul, „hier hat meine Oma gearbeitet. Kommt, ich zeige euch mal ihr Zimmer, in dem sie ..."
Plötzlich hörten die Jungen schallende Männerstimmen, die aufgeregt durcheinander sprachen. Mit einem Kopfnicken deutete Paul an, ihm zu folgen. Vorher hatte er seinen Zeigefinger übern Mund gelegt, als Zeichen, von nun an absolut still zu sein.
Sie gingen den Gang weiter und betraten dann einen ehemaligen Büroraum. Auf Zehenspitzen und mit angehaltenem Atem durchschritten sie den Raum bis zum Fenster, von wo aus man in den Innenhof sehen konnte. Dort parkte der Lie-

ferwagen mit offener Hecktür. Etwas weiter standen drei Motorräder mit Seitenwagen.
Anton begriff sofort, was die Gauner vorhatten. Die Jungen beobachteten, wie die Männer ihre schwarzen Overalls auszogen und zu einem Berg aufschichteten, mit Benzin übergossen und schließlich anzündeten. Die wollen Beweise vernichten, war Anton sofort klar. Von DNA-Analyse hatte er mal gehört, konnte sich aber nichts Genaueres darunter vorstellen. Die sind ganz schön clever, ging es ihm durch den Kopf. Mit den Motorrädern, die Beute im Seitenwagen versteckt, wollten die Bankräuber in verschiedene Richtungen fliehen. Die Polizei, sollte sie inzwischen Straßensperren eingerichtet haben, suchte ja einen alten, weißen Lieferwagen, nicht aber drei Motorräder, von denen sie nicht einmal wussten, dass es drei waren. Ganz schön ausgebufft. Aber nicht ausgebufft genug!
Anton gab Paul und Moritz mit einem Handzeichen zu verstehen, dass sie ihm folgen sollten. Sie gingen den Weg zurück bis zum Treppenhaus. Dann stiegen sie Stufe für Stufe vorsichtig herunter und traten, zum Glück stand die Tür einen Spalt breit offen, in den Innenhof hinaus. Der Lieferwagen parkte zum Greifen nahe, mit dem Heck zu ihnen – absolut günstig. Da die Bankräuber ein Stück weg mit dem Verbrennen ihrer Sachen beschäftigt waren, bemerkten sie nicht, wie sich Paul, Moritz und Anton an das Auto anschlichen, sich die prall gefüllten Schlabbertaschen schnappten und wieder im Gebäude verschwanden. Die werden blöd aus der Wäsche

gucken, dachten sie und spürten so etwas wie Schadenfreude.

Als sie den halben Weg zurückgelegt hatten, sagte Anton: „Wir müssen uns jetzt beeilen. Wer weiß, wann diese Typen merken, dass die Taschen weg sind."

„Weg!", entfuhr es Moritz plötzlich. „Wir haben den GPS-Sender vergessen."

„Zu spät", entgegnete Anton. „Wir müssen hier verschwinden."

„Ich kriege aber Ärger", beharrte Moritz.

„Ich gehe dieses Mal nicht", sagte Paul entschieden.

„Gut", erklärte sich Anton bereit. „Ich mach's."

Paul erklärte schnell, wo er den Sender versteckt hatte, damit ihn Anton ohne aufwendige Sucherei finden konnte.

„Und sei vorsichtig!", bat Paul seinen Freund.

Anton schob sich behutsam durch den schmalen Türspalt in den Innenhof. Die Lage war unverändert. Der Lieferwagen stand noch immer mit offener Hecktür und die Männer guckten zu, wie ihre Sachen langsam verbrennen. Auf Zehenspitzen schlich Anton bis zum Fahrzeug, hockte sich nieder und tastete nach der Stelle, die ihm Paul beschrieben hatte. Schnell bekam er den Tracker zu greifen. Plötzlich, ihm blieb fast das Herz stehen, klingelte sein Handy. Bestimmt seine Mutter, die wissen wollte, ob alles in Ordnung sei. So ein Mist, dachte Anton und lief zur Tür zurück, als er plötzlich eine tiefe Männerstimme hinter sich hörte: „He, was machst du hier?"

Ohne sich umzudrehen, um ja keine wertvolle Zeit zu verlieren, sprintete Anton los. Zum Glück war der Türspalt so schmal, dass er sich ohne Mühe durchpressen konnte, nicht aber dieser gefährliche Bankräuber. Außerdem, das kam Anton ebenfalls zu Hilfe, war die Tür in den Angeln eingerostet und konnte nicht ohne Weiteres geöffnet werden. Der Typ musste seine Kumpels um Hilfe rufen.

Indes hatte Anton einen kleinen Vorsprung und rannte durch die alte Werkhalle, ohne auf Gefahren zu achten. Aber dieses Mal ging alles gut. Als Moritz und Paul sahen, wie panisch ihr Freund angestürzt kam, ahnten sie, dass sie aufgeflogen waren. Als wäre der Teufel hinter ihnen her, durchqueren sie den Rest der Halle und kurz bevor sie die Hintertür erreicht hatten, sahen sie, wie ihnen zwei der Ganoven mit Riesenschritten folgten.

Trixi war sichtlich erleichtert, die drei Jungen wiederzusehen.

„Ich hatte Angst“, gestand sie.

„Schnell, schnell!“, rief Moritz.

„Wir müssen uns beeilen!“, krächzte Anton aufgeregt.

Schnell befestigten die Jungen die Taschen auf ihren Gepäckträgern und traten dann ordentlich in die Pedalen. Puh, dachten sie, das war mehr als nur knapp, denn kaum hatten sie mit ihren Rädern ordentlich Fahrt aufgenommen, kamen die beiden Verfolger ins Freie gestürzt.

Als sie sich der Rathausgalerie mit der Sparkasse näherten, sahen sie jede Menge Streifenwagen und viele, viele Polizisten, die den Tatort weiträumig mit einem rot-weißen Band abgesperrt hatten.

„Halt! Hier könnt ihr nicht durch!“, verwehrte ihnen ein Polizist den Zutritt.

„Wetten, doch?“, erwiderte Anton, zog die Tasche von seinem Gepäckträger und öffnete den Reißverschluss. Beim Anblick der vielen Geldscheine blieb dem Beamten die Spucke weg.
„Woher habt ihr die?“
„Den blöden Bankräubern weggenommen“, sagte Trixi stolz.
„Aber ...“, der Polizist fand keine Worte. Inzwischen waren weitere Beamte hinzugekommen.
Die Kinder wurden prompt durchgelassen und zur Einsatzleitung gebracht. Die vielen Erwachsenen, die hinter der Absperrung aufmerksam das Spektakel verfolgten, wunderten sich, ohne eine plausible Erklärung zu finden, was hier vor ihren Augen vor sich ging. Inzwischen hatten die Kinder das Fahrzeug der Einsatzleitung erreicht.
Auch hier trafen sie auf verwunderte und ungläubig dreinblickende Polizisten, die einfach nicht glauben konnten, dass vier Kinder einer gefährlichen Bankräuberbande so mir nichts dir nichts die Beute abgejagt haben sollen. Ein Kriminalkommissar bat die Kinder, in den Kleinbus einzusteigen, und verlangte eine Erklärung. Seine Stimme klang streng und vorwurfsvoll. Plötzlich wurde ihnen klar, dass ihre Aktion doch nicht so gut war, ja sogar ziemlich leichtsinnig.
„Wisst ihr eigentlich, wie gefährlich diese Ganoven sind? Was glaubt ihr, was die mit euch gemacht hätten, wenn sie euch erwischt hätten?“
Nach dieser kurzen Standpauke gab der Kommissar eilige Befehle an die Polizisten. Sofort hasteten mehrere Uniformierte zu ihren Streifenwagen und fuhren ins alte Industriegebiet, um sich die Bankräuber zu schnappen.

„Wäre alles nicht passiert", rechtfertigte sich Anton, „wenn mir der Notrufmann geglaubt hätte."
„Gut, ist ja schon in Ordnung. Ich mache euch keinen Vorwurf mehr. Schließlich habt ihr, wenn ihr die Wahrheit sagt, sehr besonnen gehandelt."
„Du blutest ja", rief plötzlich eine junge Polizistin, die vor dem Wagen der Einsatzleitung stand.
Jetzt schaute auch der Kommissar auf Antons Bein und winkte einen Sanitäter heran.
„Was haste denn da gemacht?", wollte er wissen.
„Bin an so einem verrosteten Eisen hängen geblieben", erklärte Anton.
„Komm mal mit! Die Wunde muss gesäubert werden."
Der Kommissar nickte kurz und Anton sprang aus dem Kleinbus.
„Ich will mitkommen", rief Trixi. Und zu dem strengen Kommissar sagte sie: „Ist mein Bruder."
„Einen kleinen Moment noch!", bat er. „Wir müssen natürlich noch mit euren Eltern reden. Schließlich war das kein Pappenstil. Aber keine Sorge, das kriegen wir hin – eure Eltern werden stolz auf euch sein."
„Da bin ich mir nicht so sicher", antwortete Anton, der sofort an die Worte seiner Mutter denken musste.
„Doch", entgegnete der Kommissar. „Ihr bekommt nämlich eine richtig saftige Belohnung."
„Wie saftig?", staunte Paul und rechnete mit hundert Euro – eine Menge Geld.
„Eintausend Euro", antwortete der Kommissar.

„Das wären ja", rechnete Paul schnell, „250 für jeden."
„Nein, eintausend für jeden."
Jetzt blieb den Kindern die Spucke weg!

Inhalt

Der Autor

U.S. Levin, geb. 1960 in Laucha, schreibt seit 1991 satirische Texte u.a. für die Satirezeitschrift „Eulenspiegel". Er hat bisher zahlreiche Bücher für Erwachsene veröffentlicht. Mit „Lars und die geheimnisvolle Wünschefliege" erschien 2016 sein erstes Kinderbuch. 2012 erhielt er den Literaturpreis der Stadt Taucha in der Kategorie „Beste Kurzgeschichte". Levin lebt als freiberuflicher Autor in Markkleeberg.

Der Illustrator

Ralf Alex Fichtner, geb. 1952 in Aue, hatte seine ersten künstlerischen Erfolge im Ausland. 1980 erfolgte der Durchbruch beim „Eulenspiegel“ mit schwarzhumorigen Cartoons, Comics und Collagen. Seit 1988 arbeitet er freiberuflich als Maler und Grafiker. Dies ist als Illustrator sein viertes Kinderbuch im Mitteldeutschen Verlag.

Ebenfalls im Mitteldeutschen Verlag erschienen

„Levin ist eine berührende Geschichte gelungen, in der sich viele Kinder wiederfinden werden."

„Galaxo"-Kindernachrichten, Mitteldeutsche Zeitung

„Ein zauberhaftes Kinderbuch."

Dresdner Woche

160 Seiten · ISBN 978-3-95462-644-1

… Lars geht vorsichtig und auf Zehenspitzen zum Fenster, legt seine leicht gewölbte Hand ausreichend weit von der Fliege entfernt, sie soll ja keinen Verdacht schöpfen, aufs Fensterbrett und schlägt blitzartig zu. Die Fliege zappelt in seiner Faust und kann nicht entrinnen. Wie ein Tennisspieler holt er mit seinem Arm Schwung und schleudert das Insekt auf den gefliesten Boden. Die Fliege bleibt reglos liegen. Lars hebt sie auf und will gerade einen Flügel ausreißen, als sie mit ihren dünnen Beinchen zu zappeln beginnt.

»Tu mir bitte nichts«, vernimmt Lars ein leises Wimmern.

Der Junge schaut zur Tür. Aber niemand ist gekommen. Er ist allein im Bad, er und eben die Fliege, über die er jetzt alle Macht dieser Welt besitzt. Er kann ihr die Flügel ausreißen, kann sie tottreten oder das Fenster öffnen und sie in die Freiheit entlassen.

Lars fühlt sich in diesem Moment unglaublich stark. Er allein kann entscheiden, was mit dieser winzigen Kreatur passiert. Er kann sie ins Jenseits befördern oder Gnade walten lassen. Aber warum? Immerhin hat sich dieses freche Biest auf sein Ohr und seine Nase gesetzt. Wer weiß, wo sie zuvor gesessen hat. Vielleicht auf Hundekacke. Frechheit! Lars ekelt sich. Die Fliege muss dafür büßen. Lars greift sich einen ihrer Flügel und will gerade daran ziehen, als er wieder dieses jaulende Wimmern vernimmt.

»Nein, bitte, tu mir nicht weh, bitte! Bitte, Lars!«

»Woher kennst du meinen Namen?«

…

Bibliografische Information der Deutschen Nationalbibliothek
Die Deutsche Nationalbibliothek registriert diese Publikation in der Deutschen Nationalbibliografie; detaillierte bibliografische Daten im Internet unter http://dnb.de.

2. Auflage 2023

www.mitteldeutscherverlag.de

Gesamtherstellung: Mitteldeutscher Verlag, Halle (Saale)

ISBN 978-3-96311-378-9

Printed in the EU